PRINCÍPIO DE KARENINA

AFONSO CRUZ

Princípio de Karenina

Copyright © 2020 by Afonso Cruz

A editora manteve a grafia vigente em Portugal, observando as regras do Acordo Ortográfico da Língua Portuguesa de 1990.

Capa
Claudia Espínola de Carvalho

Fotos de capa e miolo
© Afonso Cruz

Revisão
Jane Pessoa
Ana Maria Barbosa

Dados Internacionais de Catalogação na Publicação (CIP)
(Câmara Brasileira do Livro, SP, Brasil)

Cruz, Afonso
    Princípio de Karenina / Afonso Cruz. — 1ª ed. — São Paulo : Companhia das Letras, 2021.

    ISBN 978-85-359-3330-7

    1. Ficção portuguesa I. Título.

21-33452   CDD-869.3

Índice para catálogo sistemático:
1. Ficção : Literatura portuguesa 869.3

Cibele Maria Dias – Bibliotecária – CRB-8/9427

[2021]
Todos os direitos desta edição reservados à
EDITORA SCHWARCZ S.A.
Rua Bandeira Paulista, 702, cj. 32
04532-002 — São Paulo — SP
Telefone: (11) 3707-3500
www.companhiadasletras.com.br
www.blogdacompanhia.com.br
facebook.com/companhiadasletras
instagram.com/companhiadasletras
twitter.com/cialetras

Ao meu pai

Depois de si próprios, [os persas] têm na maior consideração os seus vizinhos mais próximos; depois, os que vivem mais perto desses vizinhos; e assim sucessivamente, por ordem de proximidade, não tendo qualquer respeito pelos que vivem mais afastados da sua terra. A razão para isto é julgarem-se, de longe, o melhor povo do mundo a todos os níveis, crendo que os outros perdem virtudes à medida que aumenta a distância a que se encontram deles, de modo que os que vivem mais longe são os piores povos do mundo.
                    Heródoto, The Histories (Oxford World's Classics)

Os egípcios referem-se a qualquer um que não fale a sua língua como bárbaros.
                    Heródoto, The Histories (Oxford World's Classics)

Há quem diga que as mulheres amazonas deslocavam as articulações dos seus filhos varões, quando crianças — em alguns casos no joelho, noutros casos na anca —, tornando-os aleijados e impedindo assim que o sexo masculino pudesse conspirar contra o feminino. Depois, faziam deles artesãos, usando-os em trabalho sedentário, como sapateiros ou ferreiros. Se estes relatos são, ou não, verdade, não sei [...].
                    Hipócrates, On the Articulations

Eu seria muito infeliz num mundo feliz. Ela seria feliz em qualquer mundo.
Esta história, minha e da tua mãe, é também a tua. No lugar sinistro onde me encontro (sabes o que está aqui escrito em todas as paredes, porque faz parte da estrutura e enteléquia destes edifícios?, "vós, que entrais aqui, abandonai toda a esperança"), escrever-te é a minha transubstanciação, de pão em palavra, de palavra em pai. É a minha hipótese de contrariar a pedra deste edifício, a sua funesta função, e, de algum modo, alcançar a redenção possível. Não sei se, como a tua mãe, tens essa capacidade admirável de, independentemente das dificuldades, ser feliz em qualquer mundo. Como teu pai, espero que sim. No lugar onde me encontro, a felicidade é um luxo, e talvez por isso, porque pela primeira vez me encontro numa situação verdadeiramente desesperada, tenha alcançado aquilo que o conforto ou a abundância ou a segurança nunca me deram, esse estranho júbilo que não se deixa afetar pelo

mundo, pelas suas circunstâncias, e que, malgrado a dor que nos rodeia, mantém em nós um sorriso intocado, invulnerável, por debaixo das aparências mais desconcertantes ou sofridas.

Não falamos a mesma língua, mas tenho esperança de que alguém te traduza esta história e de que a leias ou te seja lida, pois disso depende a minha salvação e, provavelmente, também a tua.

A minha mãe gostou sempre da deformidade com que nasci. Durante muito tempo não consegui perceber o motivo, mas seria algo que marcaria toda a minha vida. A imperfeição. A imperfeição salvar-me-ia com igual intensidade e na mesma medida com que me faria sofrer.

O espaço visível da minha infância foi praticamente todo ocupado pelo meu pai, remetendo a minha mãe para lá da fronteira social, para um espaço estrangeiro, ginecoide, em que as respectivas funções sociais eram claramente separadas, tornando as esposas numa espécie de criadas com privilégios, alheadas da autoridade que não fosse relativa à organização do lar. O espaço restante, o que lhes sobrava desse exílio social, era uma orientação invisível e subtil das nossas vidas através de afetos.

Recordo uma noite em que o meu pai me chamou (o meu pai era daquelas pessoas que por vezes interrompem o discurso para uma pausa dramática, fechando os olhos e pressionando as pálpebras com o polegar e o indicador) e me fez sentar junto dele (venha cá, menino, sente-se aqui). Recordo esse momento porque era um tipo raro de proximidade, por isso claudiquei, timorato, até junto dele e sentei-me com parcimónia, deixando metade do rabo fora do assento. O pai continuava com os olhos fechados, a cabeça ligeiramente inclinada para baixo. Levantou o rosto com dramatismo, lentamente, abriu os olhos e disse:

— Nunca saia do seu país, menino, nunca saia de casa mais do que o estritamente necessário, que é perigoso. — Voltou a fechar os olhos e a levar o polegar e o indicador às pálpebras. — É muito perigoso — sublinhou, com os olhos fechados. — Se precisar de alguma coisa de fora, mande vir pelos correios. Sente-se à lareira, que não há nada melhor nem mais importante. — Abriu os olhos e acho que sorriu. — Em relação ao seu futuro matrimónio, escolha na nossa região, ou pelo menos mulheres da nossa pátria, que são mais trabalhadoras. Apesar de serem muito feias, são virtuosas. Case-se com a filha do da farmácia ou com a filha do doutor. À noite exija silêncio, abrace a necessária solitude que um varão deve cultivar para bem da sua hombridade. É tão simples quanto isto. À noite, como já lhe disse, sente-se à lareira, fume um charuto ou cachimbo, não ouse tocar naquelas coisas de papel, os cigarros, isso faz um mal que não supõe, beba uma aguardente vínica, medite sobre o passado e faça os planos necessários para o futuro. Rigor e seriedade, é isso que é preciso na vida.

E eu passei a ter medo de sair da aldeia, dar um passo era uma aventura. Tinha oito anos.

Da janela da sala, viam-se os ciprestes que ladeavam o caminho até a entrada da propriedade, bem como a velha figueira que quando dava fruto se enchia de pardais e estorninhos, como se também os pássaros fossem figos. E, no céu, suspensas no seu voo, várias gralhas. A sala da nossa casa era de pedra, não por causa das paredes, mas porque tudo era sólido, ali dentro tudo era granito, as palavras, o ar, a majestade dos móveis, os anos escondidos nas fissuras do edifício, a paisagem do outro lado das janelas, que rasgavam as paredes de alto a baixo. O meu pai, claro, ficava sempre de costas para as janelas, porque era assim que ele tratava o mundo exterior, com desprezo.

Tirava o cachimbo e acendia-o com uma brasa da lareira, servia-se de uma aguardente velha, passava o indicador pelo bigode.

Eu observava-o com atenção, estudava todos os detalhes dos seus movimentos e quando estava sozinho imitava-os diante do espelho de corpo inteiro do guarda-fatos de carvalho do meu quarto. Cada gesto dava-me uma espécie de tranquilidade, a mesma que o meu pai aparentava ter, mesmo sabendo-se cercado pelo estrangeiro e pelos bárbaros que o habitam.

A imagem que guardo dele é a de um homem sentado com as pernas cruzadas, a encher o cachimbo, a pendurá-lo nos lábios, a fungar com frequência, a envolver a própria cara com o fumo do tabaco, de olhar altivo, desapegado e ao mesmo tempo cansado, como se o mundo que estava para lá da sua pele o agoniasse. Mas a mais palpável das suas características psicológicas, tão material quanto um músculo ou uma perna, era a advertência contra o exterior (com o indicador e o polegar sobre as pálpebras fechadas), contra tudo a que ele chamava estrangeiro e que não se limitava a uma fronteira geográfica, mas sobretudo moral:

— Ouça, menino: se alguns lugares são geograficamente acessíveis, são, no entanto, moral e psicologicamente aberrantes. Um homem de bem não deve sair do seu espaço, deve deixar a selva para os selvagens. Imagine o que era isto, menino, cheio de brutossauros de dentes afiados. A selva para as bestas, para os primitivos e para aqueles homens sem gravata, como é que se chamam?, artistas modernos. Dizem que comem sanduíches. A única coisa boa num artista é a arte antiga, o resto deve evitar-se, pois é uma doença. Escute, menino, um homem de bem não deve jamais sair do seu espaço, um homem sem as suas roupas, sem os seus criados, sem a sua família, sem os seus tapetes e naturezas-mortas, não é nada. Lembre-se, menino, que nós não somos só nós, somos a civilização, e, mal viajamos, deixamo-la para trás. Um passo fora e somos uns macacos. O que nos protege da animalidade são as paredes, as cortinas, as janelas, os cadeirões, isto que vê à sua volta é a muralha contra os mongóis, contra os turcos, contra o mundo.

— Mas Paris é longe. O dr. Vala diz que é a cidade mais civilizada do mundo.

— Paris é civilizada para os parisienses, para nós é um embrutecimento em forma de cidade, nada se compara à casa onde vive, não há cidade nenhuma que possa ombrear com um espaço doméstico. Paris é um animal selvagem para nós. Só aqui dentro, no interior sagrado desta casa, somos plenamente humanos.

— Nem na igreja?

— Na igreja também, desde que seja perto de casa e tomemos todas as precauções necessárias para atravessar o espaço que vai do nosso lar ao de Deus. São alguns metros, mas podem matar-nos moralmente. Um pequeno descuido e já andamos de quatro, sem qualquer noção de ética.

— Acontece assim tão rápido?

— Há uma fera terrível lá fora. É tão simples quanto isto.

Eu pensava, na altura, que essa fera era uma alegoria, como aquelas dos Evangelhos que ouvia na missa, com pastores, pães, peixes, ovelhas, filhos pródigos, sementes, essas coisas, mas depois comecei a sentir, uma sensação tão háptica quanto tocar nas brasas da lareira e queimar-me, que de facto existia uma fera terrível que rondava a casa e que tanto mal me poderia fazer. Quanto mais me afastava da casa, mais medo sentia, e até cheguei a fazer uma equação do medo (era muito bom a matemática, nas contas, como se dizia), que era o produto da distância (em metros) a que me encontrava de casa multiplicado pelo tempo (em segundos) passado no exterior do lar ($Ph = d.t$) As unidades do medo eram expressas em *deimos* e *phobos* (que é a milésima parte de um *deimos* e cujo batismo se deveu ao fascínio que sentia por um livro de mitologia da biblioteca do meu pai. Enfim, o mero final da rua provocava-me pânico. O meu objetivo, aos oito anos, era chegar aos subúrbios sem morrer de medo pelo caminho.

Havia breves e raros momentos em que a nossa casa sorria, quando de manhã a criada da Mealhada abria as janelas, para arejar a casa, e as cortinas esvoaçavam. Ou quando eu me reclinava nos acordes, como se fossem divãs, que a minha mãe tocava ao piano. Ouvia as notas ao longe, atravessando o longo corredor da casa. Imaginava que as composições que ouvia eram a banda sonora da minha vida e fazia tudo àquele ritmo, saltitava ao mesmo tempo que certas notas, movia-me à velocidade da música, à velocidade do som. O pai nutria pelos acordes (em que eu me reclinava como se fossem almofadas ou nadava como uma carpa vermelha) o sentimento oposto, tenho a sensação de que a música o aleijava. Quando a minha mãe se alongava na prática, ele aproximava-se e dizia "um pouco de silêncio, por favor", e a casa, de repente, ficava triste e as cortinas deixavam de esvoaçar.

Além das horas matutinas ao piano, a minha mãe passava algum tempo, habitualmente depois do almoço, a cantar as canções da rádio, cujas letras diziam que era bom deitar cedo e cedo erguer, que os pobres são mais felizes, que a humildade enche a barriga, esse tipo de arrazoado, e eu ficava a vê-la e a ouvi-la, fascinado com os trinados a meia-voz e o tremor delicado dos lábios. A minha mãe falava pouco, por isso tudo o que dizia era precioso, e, quase sempre sob a aparência humilde da simplicidade, o conteúdo das frases era inusitado e ao mesmo tempo profundo. Posso, admito, pela raridade das conversas com ela, ter exagerado e engrandecido o que me disse e que recordo com o filtro do tempo, da maturidade, sobredimensionando agora o que de facto ouvi. Como dizia, a minha mãe passava horas a cantar as canções da rádio e um dia confessou-me que cantava, não necessariamente porque gostava muito das canções, mas porque gostava de cantar com milhares de pessoas. Na altura não percebi, mas hoje consigo imaginar a quantidade de mulheres, sim, especialmente mulheres, que, a passar a ferro, a lavar, a embalar os filhos, a cozer o feijão, a tricotar, a quantidade de mulheres que interrompiam o choro, que olhavam pela janela, que fechavam os olhos, a quantidade de mulheres que, ao mesmo tempo que a minha mãe, cantavam a mesma canção que ouviam na rádio. Ela devia sentir uma espécie de comunhão, uma união estranha e subtil, uma fraternidade invisível que interrompia as suas dores para cantar uma canção em uníssono. Ela, quando sintonizava o rádio, era para se sintonizar com as outras mulheres.

Não tinha o desejo de mudar o mundo, queria apenas fazer parte dele.

O Dois Metros era o meu melhor amigo. Chamavam-lhe assim porque era muito alto para a idade. Não haveria de se verificar um crescimento proporcional à expectativa gerada até os doze ou treze anos, mas a alcunha ficou, apesar de, em adulto, ter apenas conquistado a humilde altura de um metro e sessenta e quatro.

— Vou, dentro de dois dias, talvez três, mas não mais do que isso, partir numa missão perigosíssima.

— E que missão é essa? — perguntou-me o Dois Metros.

— Na devida altura ficarás a saber. Todos ficarão a saber.

Na noite em que anunciei a minha missão ao Dois Metros, a conversa ao jantar poderia ter-me dissuadido da demanda.
Lembro-me muito bem dessa refeição em que o dr. Vala disse à mesa que as batatas vinham da América do Sul. As emoções, positivas ou negativas, são uma máquina de impressão. Todos os acontecimentos tendem a desvanecer--se, mas a emoção grava-os na pedra da realidade, da nossa realidade, ou melhor, as emoções transformam memórias em pedra, como os heróis que são recordados em estátuas. A minha alma andava às voltas com a expectativa da missão, fragilizada pelo receio do desconhecido, e ouvir que aquilo que eu comia, aquilo que metia na boca, vinha de tão longe, fez-me mal à barriga. O cheiro das batatas cozidas estragava-me o nariz, aquele cheiro quase doce, que fazia as janelas da copa transpirarem, continha a imoralidade da distância. E nós alimentávamo-nos dessa coisa. Olhei de soslaio para o meu pai, tentando perscrutar alguma reação

sua que confirmasse aquilo que eu acabara de perceber, a imoralidade de certa comida que mastigávamos e engolíamos. Aquilo que era o nosso combustível para brincar, ler, escrever, pensar, amar estava contaminado, vinha de longe, se não da Cochinchina, pelo menos da América do Sul. O meu pai permanecia impassível e soberano, como aliás era sua pose e seu costume, e, sem qualquer asco pelo que levava à boca, mastigava, engolia, empurrava com vinho.

— O que se passa com o menino? — perguntou.

Eu saí a correr da mesa, sem responder, para despejar na retrete o que tinha na boca. Fiquei ali a tremer.

Ouvi o meu pai chamar-me e voltei à mesa, receoso. O dr. Vala explicava que a planta da batata era originária da América do Sul, eu tremia, mas que antigamente não comiam o tubérculo, eu tremia, servia apenas para decorar jardins franceses, eu tremia, porque dá uma flor bonita, e a sra. Vala, que bem dito, meu querido, como é culto e erudito e sabe coisas tão belas, e o doutor continuava, antes os pobres comiam castanhas, depois entraram as batatas na gastronomia, eu tremia, e a sra. Vala, como é que sabe estas coisas todas?, e o doutor, o Van Gogh até pintou um quadro, eu tremia, até que ganharam o protagonismo que se vê, a sra. Vala bateu palmas. Eu tremia.

— O que é que se passa? O menino está pálido.

Estava, efetivamente. Como se enfia na boca uma coisa de tão longe, com um oceano Atlântico pelo meio, como se mastiga aquela distância toda? Desatei a chorar e a criada da Mealhada levou-me para o quarto, despiu-me e deitou-me.

A minha mãe abraçava-me todas as noites quando eu me deitava, depois de a criada da Mealhada prender os lençóis na cama e sair para aquecer na chaleira a água destinada à higiene íntima, a que na altura se chamava "lavar por baixo". Todas as noites, a minha mãe, ao inclinar-se sobre mim, parecia despedir-se. Acho que ela sentia mesmo isso, que por cada dia que passava havia uma parte de mim ou dela que ia embora.

Massajava-me o pé deformado. Fazia-o com uma dedicação que eu não compreendia. Para mim, a deformação física era algo que queria fazer desaparecer, que queria que ninguém notasse, e o que para mim era motivo de extrema vergonha para ela parecia ser motivo de adoração, considerando o modo como passava as mãos pela pele, pela deformidade, com lentidão, demorando-se mais no pé boto do que a beijar-me a testa. Tenho também a sensação de que nesses instantes chorava baixinho, mas não era de tristeza, era outra coisa (não tenho, porém, a certeza se estas recordações são fidedignas ou se foram construídas mais tarde, depois das nossas tragédias, porque a memória que tenho delas não passa de registos confusos, embotados pela emoção, em que não sou capaz de detalhar quase nada).

Por causa da missão que me havia imposto naquele outono, recordo contudo uma dessas despedidas que talvez tenha servido de eixo matricial para as recordações das outras noites. Estava nervoso com o que me esperava e, em vez de ficar parado como habitualmente, constrangido pela vergonha do meu pé grotesco, não só o movi ligeiramente enquanto a minha mãe passava a sua mão por ele como pronunciei estupidamente uma frase de ressonância bíblica, que escutara por diversas vezes na missa (a missa era tridentina e dita em latim):

— *In quo mihi conplacui* [no qual me comprazo].

Nada na expressão do rosto ou nos gestos da minha mãe se alterou e nem sequer tenho a certeza de ela me ter ouvido. No entanto, fiquei horas acordado, sem conseguir dormir, corroído pela vergonha da frase proferida naquele momento já de si embaraçoso.

As alcaparras e as azeitonas têm de ser curadas antes de serem consumidas, assim como as pessoas, que são intragáveis se não forem arredondadas pela água do tempo. O meu pai era cheio de arestas. Na manhã seguinte ao jantar com o dr. Vala, preparando-me mentalmente para a missão outonal, avaliando os perigos, perguntei-lhe onde começava exatamente o estrangeiro, em que ponto preciso começava o perigo de erosão moral.

Olhou-me de alto a baixo como se eu tivesse feito a pergunta mais imbecil do mundo.

Apontou para o tapete da porta da rua.

O estrangeiro começava logo a seguir à porta de casa, e esse exterior estendia-se até à Cochinchina, expressão que o meu pai (e não só o meu pai) usava para descrever uma singularidade, o longe mais longe possível, mais longe do que a distância, o momento e o espaço em que a desordem se impõe de uma forma tal que nada faz sentido.

— Deus deu-nos a Natureza — disse o meu pai — como

quem dá um pouco de barro a um filho. E que esperava Deus desse filho? Que moldasse o barro. A Natureza, sem ser moldada pelas mãos humanas, é uma indignidade, uma afronta. Olhe pela janela, menino. Vê as vides a povoar a terra, ordenadas e moderadamente belas? É isto. É tão simples quanto isto. Moldamos o barro que o Pai nos deu.

"O nosso chão é mais duro, não é como o dos franceses, onde se plantam alcachofras do tamanho de pinheiros e uma cabra pesa o mesmo que dois rinocerontes. Mas as dificuldades mostram a nossa têmpera. Se Deus nos deu um barro mais duro é porque gosta mais de nós, porque as dificuldades fazem-nos crescer. Os outros já nascem altos. Nós temos de subir para cima de bancos. É tão simples quanto isto."

Caminhei lentamente em direção ao meu quarto, para me preparar. Nunca corria à frente dele. Quando me distraía e o fazia, aos tropeções por causa do pé disforme, ouvia as suas admoestações:

— Correr? Só se deve correr por absoluta necessidade, porque a nossa vida corre perigo ou porque estamos atrasados. A pontualidade é uma característica elementar do homem de bem. Correr? Jesus nosso Senhor não foi a correr para Jerusalém. Foi em cima de um burro.

Calcei umas botas de couro, liguei o meu pé disforme, pus alguma comida na mala da escola, uma maçã e um pouco de queijo, coxeei até a porta, inspirei fundo. Desci os degraus com as pernas a tremer e dirigi-me à casa do Dois Metros, para me despedir. Quando entrei em casa dele — naquela época ninguém trancava as casas —, vi-o em frente ao espelho, vestido com um maiô azul da mãe. Olhou-me assustado e disse:

— É que quero ser campeão de luta greco-romana.
— Não vai ser fácil — disse eu.
— Pois não — concordou.

Durante muitos anos, efetivamente, acreditei que o Dois Metros tinha esse sonho de ser um lutador, nunca me tendo interrogado como, se aquela era provavelmente a pessoa que eu conhecia com menos aptidão para qualquer tipo de atividade física. Lento e frágil, descoordenado e poltrão, parecia que tudo nele era flácido, era como se fosse uma pessoa líquida, uma pessoa que se derrama.

— Venho despedir-me — disse eu.
— O que se passa?
— Vou ao estrangeiro.
— Fazer o quê?
— Não sei bem, mas tenho de perceber, de ver o que há para lá da casa do dr. Vala. Já calculei tudo. Estando fora cerca de seis horas, multiplicando pelos metros percorridos, não pararei antes dos quinze mil metros, dá 324 000 000 *phobos*.
— Isso é muito?
Mostrei-lhe o caderno de contas que levava na mala da escola:
— 324 000 *deimos*.
— Isso é muito?
— É assustador.
— Bom, despedimo-nos, então. Se vieres a tempo do lanche, há leite e bolos.

Não contava voltar para lanchar e nem tinha certeza se voltaria. Ia contra a fera, ia atingir esse lugar horrendo que era o espaço que eu não via da varanda da casa, que ficava para lá da igreja, para lá da casa do dr. Vala, para lá do que a vista alcança.

A barbárie.

Iria até os confins do meu mundo, bem para lá do espaço que via da varanda, com o desejo firme de explorar a geografia dos bárbaros e provar que podia sair ileso, moralmente ileso, de tal empreitada. Não podemos soçobrar ao medo, temos de saber ser capazes de resistir ao Mal, conhecê-lo, olhá-lo nos olhos e negá-lo veementemente. Um herói ou um santo só existe se confrontado com o Mal, só existe depois de emergir ileso da barbárie, e eu queria ser um santo como os que ouvia na missa e admirava nos nichos de pedra e nos frescos da igreja. Desejava vir a ser uma estátua de pedra, uma recordação duradoura (ideia que ainda hoje me persegue, como perceberás).

Saí da casa do Dois Metros, fazendo o mesmo caminho que todos os dias percorria para ir para a escola ou até a igreja, mas tendo naquela manhã a intenção de atravessar uma fronteira física e moral e sobreviver. Suava e tremia, parava com frequência, afligido pela falta de ar. O meu pé parecia mais pesado do que antes, era difícil arrastá-lo, era a bola de ferro de um condenado. Abria a boca como um peixe e inspirava com força, mas não parei, continuei a coxear em direção ao espaço que não se via da varanda e que ia bem para lá da escola, da igreja e da casa do dr. Vala. Conheceria a barbárie.

Entretanto, comecei a sentir-me mal. Muito mal. À medida que os *phobos* aumentavam, o pânico apoderava-se do meu peito, o medo agarrava-me com os seus braços poderosos. O medo gosta muito de nos abraçar enquanto nos vai roubando o ar.

A criada da Mealhada foi encontrar-me em posição fetal, desmaiado, ao cabo da vila.

Recuperei os sentidos, a visão foi adquirindo nitidez, e a primeira coisa com que me deparei foi o meu pai, de pé, mesmo ao lado da cama, com o cachimbo pendurado na boca e as mãos atrás das costas. A minha mãe tinha a testa encostada ao meu pé deformado e levantou o rosto com um sorriso quando percebeu que eu recobrava a consciência.

— O menino — disse-me o meu pai enquanto fechava os olhos e punha sobre eles o polegar e o indicador — não me pode humilhar e morrer fora de casa. Que vergonha. Uma pessoa só morre tranquilamente se o fizer no leito onde dormiu todos os dias, onde treinou para a eternidade — (o meu pai achava que dormir era o treino diário para a morte). — É tão simples quanto isto. Aí, deitado na sua cama, é que tem de morrer, não é na rua como um vagabundo ou um cão.

Nessa noite, quando a criada da Mealhada me ajeitava os lençóis, agarrei-me a ela a chorar e, quando a minha mãe se foi despedir, deitei a cabeça no colo dela e adormeci imediatamente.

O pão era amassado às quartas-feiras e quando era cozido o vento não soprava. À noite, as palavras saíam com uma solidão que não tinham durante o dia e os olhos das criadas da nossa aldeia fechavam-se debaixo dos seus patrões.

Nas noites de tormenta, quando os relâmpagos chegavam a nossa casa, já cansados e roucos, o meu pai, de costas voltadas para a tempestade, cuspia na lareira. A velha criada da Mealhada dizia que isso nos protegia dos raios. As rezas a santa Bárbara e a são Jerónimo não eram suficientes. A velha criada dizia-as com os cantos da boca para baixo, como se as palavras fossem amargas. Se tinham medo, disfarçavam bem. Ela com os cantos da boca para baixo e o meu pai a cuspir no fogo com um copo de aguardente numa mão e o cachimbo na outra.

Numa dessas noites de tempestade, lembro-me muito bem, a minha mãe disse, enquanto a velha criada rezava e o meu pai cuspia:

— Hoje está muito frio, mas felizmente pus flores à janela, ou o inverno seria insuportável.

À tarde, as mulheres sentavam-se no quintal a conversar e a coser e a tricotar, e eram para mim uma espécie de esteio do mundo. A imponência que geravam, os silêncios aturados, as palavras sussurradas ou gritadas, os olhares trocados, tudo aquilo me dava uma tremenda sensação de segurança. Eram majestosas (mudas ou a rir, a carpir ou a orar) e, por mais dura que fosse a vida, transmitiam ali, naquela estranha cumplicidade, a certeza de que tudo seguiria em frente, de que haveria um dia após o outro, e todo o Universo se equilibrava na ponta das suas pálpebras. Os gatos deitavam-se junto às suas pernas, ronronavam encostados às varizes e à pele seca do sol e por vezes uma delas cantava uma canção tão velha que cheirava a pedras vulcânicas. Soltavam os pés dos sapatos, descalçando-se ou deixando metade de fora, os calcanhares apoiados no chão. Espantavam-me os seus joanetes, as unhas grossas, mas sobretudo o modo como os dedos tinham perdido a suavidade da infância para exibirem a pressão dos outros dedos. Já não eram redondos e diáfanos, mas moldados pela pressão dos outros dedos. Eram assim essas mulheres, feitas umas das outras. A sua forma era definida por quem vivia com elas. Eu olhava para o pátio ao fim da tarde e via como todas eram moldadas pelas palavras, pelo riso, pela mudez que ali iam construindo, minuto a minuto, os séculos que elas carregavam nos corações. Quando eu corria (o meu pai não poderia estar a ver), desajeitado, assimétrico e desequilibrado, pelo pátio, pelo meio delas, respirava a densidade de mil sóis. Elas, imperturbáveis como os gatos que se deitavam aos seus pés, tratavam-me como se eu fosse apenas o vento que passava por entre as árvores. Sei que a felicidade de uma criança, da criança que eu era, apenas corroborava a atitude mitológica com que olhavam o mundo e, por mais sombrios que fossem os tempos, elas tranquilizavam o cosmos, como quem penteia os cabelos no meio de um terremoto.

Eu chegava a duvidar se a tarde acontecia ou se era conjurada e evocada, e, de todas as vezes que corri entre aquelas mulheres, não me lembro de alguma vez os meus pés terem de facto tocado o chão de pedras ásperas do pátio. Eram os únicos instantes em que não me sentia coxo.

Assim como o meu pai chamava bárbaros a todos os que viviam fora da nossa casa, os gregos chamavam bárbaros aos que não eram gregos. Os romanos, a quem não era grego ou romano. Os persas, dizia Heródoto, criam ser o povo mais espetacular do mundo e que quanto mais longe se vivia da Pérsia mais horrível era a raça. O mesmo Heródoto dizia que os egípcios chamavam bárbaros a quem não falava egípcio. Para o meu pai, qualquer pessoa que não fosse da nossa família era bárbaro e, mesmo falando a nossa língua, grunhia em estrangeiro, esse fenómeno fonético especialmente animalesco.

Fui anotando no caderno de contas algumas perplexidades referentes aos bárbaros e aos seus costumes, que pareciam contrariar o que o meu pai me dizia. Ainda me lembro de algumas delas:

Andam como nós e não de quatro.
Falam.
Por vezes, sabem tocar piano.

O meu pai, sei disso hoje, resumia-se a uma palavra: medo. Toda a aversão ao estrangeiro, ao inusitado, à novidade, ao que está além, era apenas um pânico visceral do mundo, que ele disfarçava transformando esse medo trágico em ética conservadora, em solidez moral. Parecia seguro e inabalável, mas é assim que o medo se veste para sair à rua, para ir à missa, para comentar o tempo e as doenças das vides e o trabalho do lagar.

Eu caminhava atrás dele quando, em família, nos dirigíamos para a igreja, a minha mãe dava-lhe o braço, a criada seguia-me de perto, por vezes encostava uma mão no meu ombro para que me afastasse da estrada e me aproximasse da parede. Era frequente o caminho cheirar a pão, porque passávamos sempre pela rua da padaria.

O meu pai, sei disso hoje, cada vez que falava, transpirava a segurança de quem nada teme, sem no entanto se aperceber de uma lei elementar: a imponência do muro que nos rodeia é diretamente proporcional ao receio que sentimos.

No átrio da igreja, as pessoas cumprimentavam-nos. Com o meu pai falavam de negócios ou do tempo ou das culturas, enquanto a minha mãe apenas sorria. Eu e a criada da Mealhada sentávamo-nos no murete da fonte onde nadavam os peixes que guardavam os desejos das nossas moedas. O meu pai, direito, a minha mãe de braço dado, o meu pai, direito, sei disso hoje, ao proteger o seu mundo da invasão bárbara dos bárbaros, aprisionou-se no seu mundo, condenou-se a uma eterna reclusão em si mesmo e nunca para lá de si mesmo. Uma boa parte da Humanidade pode ser definida pela doença do meu pai, pelo medo. É a mimese voluntária da doença mental, da incapacidade de comunicar com o mundo, do total alheamento deste, da interação essencial à metamorfose do crescimento e às mudanças de carapaças.

Quando chegava o Dois Metros, desvanecia-se o tédio da espera. Falávamos, brincávamos e depois entrávamos na igreja e cada um seguia os seus familiares. Comungávamos e retornávamos ao nosso mundo de pedra, o único lugar que parecia seguro, a intransigência da nossa solidão disfarçada de ética. A nossa moralidade rodeada de pecado por todos os lados.

Um dia, fomos efetivamente atacados por uma das hordas bárbaras que o meu pai mais temia.

Entrou em nossa casa sem que déssemos por isso.

O acontecimento mais marcante da minha adolescência deu-se quando a casa começou a cheirar mal. A criada da Mealhada abria as janelas. Torcia o nariz: há qualquer coisa podre, dizia ela.

Eu quase não dava por nada, mas o meu olfacto não é especialmente apurado. No dia seguinte, não encontrei os meus sapatos, nem um par. Corri descalço até o piso térreo e perguntei por eles. A criada da Mealhada fez um gesto com a cabeça, apontando para a rua. Estavam pendurados no estendal. Perguntei-lhe o motivo, mas não era preciso. Tinha estado a lavar os sapatos pois o cheiro nauseabundo vinha dos meus pés. Ou assim pensava ela.

Os meus sapatos ficaram então imaculados, inodoros, e, no entanto, a casa estava cada vez mais nauseabunda.

Nessa tarde, na catequese, ao perceber a severidade das condenações divinas, cujo sentido de justiça me parecia dúbio, gritei:

— Todos os anjos caídos serão levantados.

A catequista empurrou os óculos contra os olhos com o indicador, olhou para mim, perdão? Eu repeti, expliquei-lhe que, se visse um homem terrível cair ao chão, o ajudaria a levantar-se e que, se o meu arqui-inimigo caísse por terra, ferido, eu o trataria para o poder vencer quando estivesse recuperado, só assim vale a pena lutar, e se eu, grande e frequente pecador, era capaz de façanhas simples e sumamente boas como as que dera de exemplo, muito mais poderia o Deus trino e uno, que era incomensuravelmente mais bondoso do que eu, voltei a repetir, grande e frequente pecador.

Fui expulso e castigado.

Senti-me injustiçado e contei isso ao Dois Metros enquanto lanchávamos na cozinha da minha casa.

— Não achas que os maus merecem ser perdoados?
— Se são maus, não confio neles. Não são de confiança, os maus. Fazem-me uma vez, não me fazem outra.
— Mas uma eternidade é um castigo muito longo.
— Eles merecem. Se não forem os maus a merecer um castigo longo, quem é que o merece?

Aquilo irritou-me e comecei a gritar com ele, a acusá-lo de falta de misericórdia, sem sequer me aperceber de que a minha ideia de remissão dos maus era também uma maneira de perdoar a geografia e perdoar a barbárie, fazê-la nossa. Perguntei-lhe, aos berros, o que ele faria aos adversários de luta greco-romana, se preferia despedaçá-los com os seus músculos precocemente desenvolvidos ou perdoar-lhes, depois de lhes pôr um pé em cima como se faz aos animais para mostrar claramente quem é o vencedor.

— Despedaçá-los.

Acusei-o então de o cheiro nauseabundo que enchia a minha casa ser culpa dele, que não tomava o banho quinzenal. O Dois Metros baixou a cabeça e saiu magoado.

Nos dias seguintes, não voltámos a falar.

E em casa cheirava cada vez pior.

Tínhamos o costume de atravessar o verão com roupas de inverno, de ignorar as cores da primavera e tudo o que nos pudesse cativar e fazer sair de casa e passear. Havia um outono a acontecer permanentemente dentro de nós, alguma chuva, folhas secas. Lá em casa era tudo sem cor, sem expressão, como se a vida pudesse magoar os nossos sentidos, e, assim, era preciso criar uma austeridade cinzenta, era imprescindível e incontornável colocar uma pedra de solenidade em tudo o que nos rodeava. Só não nos tratávamos por Vossa Excelência porque não enviávamos cartas uns aos outros (mesmo a relação que eu tinha com a minha mãe era cerimoniosa). Dava-me a sensação de que, ao caminhar pelo corredor, tinha de pedir licença aos móveis, por favor, com licença. O cheiro que nos avassalava por aqueles dias era a única perturbação na ordem prístina. O meu pai, sempre imerso nos seus estudos, vivia alheado da família, sem ligar a ninguém. Eu chegava a casa, dizia boa-tarde, ele não respondia, continuava debruçado sobre a sua montanha de papéis, com os olhos encostados à secretária, ao fundo da sala, de costas voltadas para a família. A minha mãe dizia "o jantar está pronto", ele não respondia, por vezes fazia um sinal com o braço, jantava depois, quando já todos tinham acabado. Outras vezes, esquecia-se de comer, adormecia em cima da sua montanha de papéis, acordava de manhã já sentado à secretária, a postos para retomar o trabalho. Era uma rotina a que já ninguém ligava. Às vezes passavam-se dias sem haver qualquer interação connosco ou com os trabalhadores da herdade. Pai, senhor, querido, patrão, quem quer que o chamasse recebia um pesado silêncio como resposta, a menos que, por algum motivo, se sentisse com predisposição para comunicar, para trocar umas palavras razoavelmente amáveis para os seus padrões. Nesse caso, erguia-se de trás dos seus papéis exibindo um olhar agudo e perguntava quem tinha morrido: Ninguém? Vá à sua vida.

Daquela vez, tinha efetivamente morrido alguém. Tinha morrido o meu pai e ninguém notara. O cheiro vinha do corpo em decomposição.

Estava atrás dos seus papéis. Foi a criada que, enlouquecida com o cheiro, teve a ousadia de o acordar para lhe comunicar o problema. O meu pai respondeu como tantas vezes fazia: com um pesado silêncio.

A esposa do dr. Vala tinha sempre algumas dificuldades na casa de banho e acabava por me chamar, ora para desabotoar qualquer coisa ora porque não via as casas dos botões ora porque não descobria o interruptor ora porque a roupa tinha defeitos.

Era grande e, sentada na sanita, olhava-me nos olhos com um sorriso que ainda hoje não sei explicar. Durante o enterro do pai, chamou-me três vezes.

Foi um dia muito triste, mais do que o do velório, noite em que o caixão esteve fechado por causa do cheiro, pousado na mesa da sala de jantar, rodeado de flores e velas e do pranto baixinho das recém-chegadas tias do Norte.

No cemitério tive sentimentos mais intensos, de irreversibilidade. O meu pai tinha feito a sua definitiva viagem para o estrangeiro eterno, e o estrangeiro parecia-me ter vencido em toda a linha, a barbárie não tem misericórdia e nem o meu pai soubera manter-se protegido da mais nefasta geografia, a morte, mesmo armado da sua moral e das pausas dramáticas com os dedos a pressionar as pálpebras e as noites sentado à lareira ou agarrado aos seus papéis.

Comemos os restos dos mortos até não restar nada. Os restos são recordações e nós vamos limpando os ossos da alma como os vermes fazem aos cadáveres. Até não sobrar nada. Um trabalho duradouro, que se estende por gerações, até o olvido final e inevitável.

Ali estávamos nós com os restos do pai, que seriam arrancados dos ossos com os dentes da memória. É um estranho banquete este, o dos que sobrevivem, dos que ficam e comem estas estranhas migalhas de recordações, juntamente com o pão de cada dia.

O padre loava o meu pai, grande homem, benemérito e cristão, amigo do seu amigo, inviolado pelo Mal, amém, Deus o tenha em seu descanso, era generoso, era misericordioso, era prudente e abominava o pecado, amém, era um exemplo, um esteio de gravidade e verticalidade, amém. O sol obrigava-me a semicerrar os olhos. As gralhas gritavam na terra e na nogueira junto ao muro do cemitério. As tias do Norte acenavam, concordando com todas as palavras do padre, e a cada amém diziam assim seja, baixinho e em coro, com os olhos postos no além. Era sincero.

O padre, que não passava de mais um dos muitos turiferários que orbitavam a figura do meu pai, despejava elogios sobre a assistência enlutada, assistência constituída na sua maioria por pessoas que manifestavam a tristeza profunda que não sentiam, mas que era seu dever moral exibir. O sol pingava pontos luminosos nas hastes dos óculos, nas fivelas, nos fechos das malas das senhoras, que, com os joelhos colados e as mãos pousadas no colo, a cabeça baixa, os óculos escuros, o cabelo amarrado, soltavam lágrimas e soluços de acordo com o ímpeto do discurso do padre, enquanto os homens, seus maridos, amantes, irmãos e pais e filhos e netos, primos distantes, tios, não conseguiam disfarçar alguma impaciência, batendo os pés, tamborilando os dedos, compondo todos eles uma paródia da tristeza e do pesar, a necessária encenação social que nos mantém coesos enquanto comunidade. As tias do Norte choravam com sinceridade, verdadeiramente entenebrecidas, assim como também sofriam genuinamente a criada da Mealhada e a chihuahua *Gina*. Sobre a minha mãe, não sei dizer se sofria, mas arrisco imaginar que vivia um conflito entre a perda e o alívio.

Eu tinha o costume, como quase todos os garotos daquele tempo, de subir às árvores. As que eu mais gostava de trepar eram figueiras. O motivo para isso é muito simples: são as que dão os melhores frutos, aqueles que se diz que é preciso abrir em quatro como se fossem pétalas de uma flor (na verdade, os figos são literalmente flores que crescem para dentro), sorver o interior. É assim que se come um figo: encostar os nossos lábios à sua carne, devorar de uma vez o suco, a matéria, a ferida, era qualquer coisa assim que dizia o manual de instruções que li mais tarde, um poema de D. H. Lawrence. Não me ensinou nada, esse manual, pois já era assim que eu sorvia os figos, foi apenas uma confirmação. Já enfiava o verão na boca, fazia a minha língua abrir a pele verde ou preta, e com a ponta procurava o doce que o figo esconde dentro dele, avermelhado.

 O facto de os figos serem flores que crescem para dentro fez-me concluir duas coisas,
 a primeira,

que não precisam do mundo exterior, são como era o meu pai e abominam a barbárie, viram as costas às janelas, ao exterior.

segunda,

são um exemplo de humildade, de modéstia. A flor, que deveriam exibir ao mundo, guardam-na sem qualquer demonstração de vaidade. Os figos não querem saber de elogios e discursos laudatórios (ainda que também não se abram às críticas). Os figos, escrevi no caderno de contas, florescem para Deus, que é o único capaz de admirar o que acontece dentro das coisas sem as partir, sem as matar, sem as destruir.

Quando voltámos a casa, depois do enterro, subi à figueira da entrada da propriedade. Creio que, nessa altura, pensava ainda na morte como um espaço físico que é possível vislumbrar como qualquer paisagem banal. O que vi nesse dia, do cimo da figueira da entrada da propriedade, foi uma visão feliz. Concluí nesse momento que as melhores paisagens são feitas de pessoas. E melhor do que as pessoas são os amigos.

O Dois Metros caminhava na direção da nossa casa.

Desci da figueira. Não dissemos nada e abraçámo-nos. Não era só o meu pai que estava em paz. Nós também. O Dois Metros levantou a camisa branca e mostrou-me uma frase que tinha pintado no peito: Os anjos caídos serão levantados.

Agarrei-me a ele, a chorar.

— Pintei no coração.

— Sim.

Muitos anos mais tarde, ele haveria efetivamente de tatuar aquela frase no peito. Mas a paz verificada nesse dia foi efémera, voltaríamos a zangar-nos mais algumas vezes.

Fiz muitas asneiras, como bem sabes.

As tias do Norte, que vinham por vezes passar o fim de semana connosco, tinham por hábito trazer sacos de enchidos, morcelas de arroz e chouriços de sangue, bolos de frutos secos, nozes e canela, e davam-me beijos com os lábios demasiado pintados, uns beijos húmidos e sonoros, apertando-me contra as suas mamas vastas. O batom ficava-me na cara como uma cicatriz de guerra.

Era assim desde criança: enquanto as esperava na sala, já temia o contacto húmido daqueles lábios velhos.

As tias do Norte eram três. Eram a única coisa que vinha do estrangeiro, ou seja, do Norte do país, que o meu pai suportava receber em casa. Tinham silhuetas religiosas, as bochechas cheias de pó-de-arroz e o cheiro enjoativamente doce de água-de-colónia misturada com sótão.

Com a morte do meu pai, vieram para o funeral, acabando por ficar lá em casa com a desculpa de que eu e a minha mãe precisávamos de apoio e, sobretudo, de alguém experiente que pudesse evitar qualquer gesto ou omissão menos corretos, ainda que elas, na sua moldura beata celibatária cristã, deixassem um pouco a desejar: as tias do Norte sonhavam com homens a beijá-las entre as pernas. Ouvi-as muitas vezes a gemer os seus pecados quando passava pelas portas mal fechadas dos seus quartos.

Uma tia do Norte, a do meio, tinha a mania de fazer um *plié* no meio da sala, em frente à televisão, relembrando o tempo em que tinha onze anos e aprendera *ballet*. Enquanto se mexia, sentia-se fugir dela o miasma de uma infância reduzida a um gesto patético, um resto de dança, de felicidade longínqua que ainda teimava em aparecer no meio da sala, em frente à televisão.

Era como se o tempo e a velhice fossem um exílio da infância, uma inevitável caminhada pelo terreno árido do estrangeiro, depois da expulsão do Éden que era ser criança.

A mais velha não sabia então que morreria seis meses depois.

Eu ia com as tias à missa, incluindo a que ia morrer dali a seis meses.

É muito triste, agora, recordar isto: andar a passear uma condenada, levá-la à missa. Ela estava tão feliz, ficava sempre tão feliz quando comungava. E, depois, o quê? Deus esperava-a numa esquina com um AVC apontado ao lado esquerdo. Foi fulminante, caiu no chão como chuva, e enterrámo-la dois dias depois no cemitério da vila.

Quando eu passava pelo cemitério, com certeza por sugestão, sentia cheiro a colónia.

A vida era muito perigosa, eu sentia isso com intensidade renovada depois da morte do meu pai. Se ele, tão forte, tão impenetrável, podia sucumbir na sua cidadela — na sua própria casa —, então os outros, tão pequenos e moralmente frágeis, seriam um alvo demasiado fácil. Nesse período de fragilidade, comecei a contabilizar o perigo a que as pessoas estavam sujeitas e a contabilizar como esse perigo se radicalizava com a distância (os *phobos* eram efetivamente o produto da distância pelo tempo). O marceneiro da vila cruzava a fronteira para pecar, anotei eu no meu caderno de contas, e isso era extremamente irresponsável. Devia sentar-se à lareira e evitar sair de casa (as primeiras cidades espanholas estavam a cerca de duzentos quilómetros, que, multiplicados por dois dias de devassidão, davam 34 560 000 000 *phobos*). Pecar com uma mulher da região reduziria consideravelmente a erosão moral (vinte quilómetros de distância até o bordel mais próximo, uma hora de serviço ativo, 72 000 000 *phobos*).

Esse mesmo marceneiro, que nos fez os móveis da sala e o psiché do quarto da minha mãe, calçava sapatos beges com berloques e usava a cor do Mercedes a condizer com os sapatos (o carro, que viera de uma distância de 2159 quilómetros e estava na sua posse havia três anos, equivalia a uma carga de $204\,258\,672 \times 10^6$ *phobos*). Não trabalhava às terças, que era quando cruzava a fronteira para gastar — o que ganhava à segunda — com as mulheres do outro lado da fronteira. Não admira que tenha morrido esfaqueado quando lhe quiseram roubar um relógio recém-importado do estrangeiro. Quando estava com o Dois Metros, voltava com frequência à questão da apocatástase, dos anjos caídos que serão levantados, assunto que ocupava recorrentemente o meu espírito. Talvez a minha insistência na teoria segundo a qual no fim dos tempos todas as almas, mesmo as más, serão admitidas no Paraíso não fosse apenas pela eventual questão filosófica, mas pelo facto de nos termos zangado por causa disso. Muitas vezes as questões ganham relevância e importância nas nossas vidas, precisamente porque alguém de quem gostamos não gosta delas.

— O quê? Esse assunto outra vez?

— Tem de ser como as flores, pisamo-las e elas voltam a erguer-se.

— Se forem demasiado pisadas, não. Há limites para a dor.

— Mas, ainda assim, voltariam a nascer. Podemos pisar muita coisa, mas não pisamos as raízes. A regra parece-me ser simples de formular: as flores erguem-se depois de terem sido pisadas. Sejam exatamente as mesmas ou uma nova versão.

— E se não se erguerem?

— Se não se erguerem, transformar-se-ão num caminho.

— Porcos.
— O quê?
— Porcos. Para limpar os terrenos, é o melhor. Comem as raízes e não volta a crescer nada.
— Nesse caso, fazem caminhos.
— Fazem desertos.
Saí e bati com a porta.

Essa sanha contra o exterior, o estranho, a novidade, tudo isso que se entranhou no meu crescimento, era outra forma de ter ossos e esqueleto. Como disse antes, o medo tornara-se ética. Já não era a criança de outros tempos, com medo de sair de casa, era um jovem que desprezava sair de casa. Mas essa aversão ao exterior tinha pés de barro. E, aos poucos, atividades tão ingénuas (para outras pessoas) como sair da vila para ir à praia foram alterando a minha práxis.

O meu pai barbarificava o mundo. Este conceito foi importante para mim, pois fui percebendo que ele, o meu pai, se resumia a um ponto e tudo o resto a uma ameaça. Com o tempo, percebi que a identidade construída assim não cresce, não tem para onde crescer, não admite nada que lhe seja exógeno, e percebi também que outro tipo de pessoas considera a identidade de uma forma diferente: semelhante a uma coleção de conchas, conchas como aquelas que eu apanhei na praia, no verão que se seguiu ao passamento do pai, quando fui para São Pedro de Moel com as tias do Norte. Apanhar conchas era uma maneira de levar o mar comigo, para o meu quarto, para a vila do interior, e, sem me aperceber, já estava a tornar-me um ser quiasmático, um entrelaçador, uma pessoa que se encontra com o mundo e se vai misturando com ele, como uma cabeleira despenteada. O apanhador de conchas, o rapaz tímido e coxo, começava a agarrar bocados da vida para que fizessem parte dele, e, mais importante ainda, a aprender um gesto fundamental: o colecionador de conchas tem de baixar-se para as apanhar. O ato de nos baixarmos já é em si uma vitória. É com a humildade do gesto e do ego perante o mundo que o podemos abraçar. Só quem está disposto a baixar-se apanha conchas.

Quando voltei a casa nesse dia, o Dois Metros apareceu, dizendo que tivera saudades minhas (parecia ter esquecido a questão filosófica da apocatástase, que não era o motivo da nossa discórdia, mas era o motivo aparente da nossa discórdia, um pouco como as guerras religiosas: acontecem por uma razão qualquer que acaba racionalizada numa disputa teológica), e eu mostrei-lhe a safra das minhas férias de praia, um saco de conchinhas. Ele estava maravilhado, revirava-as nas mãos, nunca tinha visto o mar, pediu-me que lhe desse uma, mas aquelas conchas eram um tesouro de que eu não conseguia privar-me. Tens tantas, reclamou ele, tenho, respondi, e arrumei-as no saco e fechei o saco no armário do quarto, ignorante de que as coisas, quando são fechadas e guardadas, acabam por não servir para nada. As conchas nos armários deixam de respirar e acabam por perder o seu mar, o seu espírito vivo. Já não eram conchas, eram ondas pisadas.

Foi a tua mãe que me contou uma história do seu país,

de um homem que tinha uma fortuna e queria enterrá-la para que ninguém a descobrisse. O vizinho sugeriu-lhe que em vez da fortuna enterrasse uma pedra e lhe desse o dinheiro, pois para quem enterra uma fortuna é irrelevante o que enterra.

Mas, em relação à minha atitude para com o Dois Metros, o mais importante e dolente era o meu desconhecimento de que aquela concha que me pedira só seria verdadeiramente minha se lha tivesse oferecido. Mas, à época, eu ainda era um barbarificador como o meu pai.

E esta foi mais uma das zangas entre nós, de longe uma das mais inofensivas.

Foi por essa altura que a minha moral começou a vacilar. Paulatinamente, fui sofrendo ataques consistentes e insistentes à solidez da minha educação paterna. Um desses episódios, devidamente anotado no livro de contas, dizia que o meu pai era um afasta-tudo, enquanto o amor é o contrário disso. Durante um beijo trocam-se milhões de bactérias. De cada vez que as tias do Norte me apertavam contra as mamas e me beijavam, deixavam na minha pele cerca de oitenta milhões de bactérias. Comecei a perceber que somos todos feitos de imigrantes, destas coisas estranhas que entram dentro de nós. Somos povoados de estrangeiro. Poderíamos resistir moralmente, mas não biologicamente, e, mesmo assim, a questão era duvidosa: se o amor era perigoso porque esboroava a moralidade com a sua tendência para abrir coisas, bocas, braços e sabe-se lá que mais, por outro lado, é precisamente no território moral que encontra a sua força e é uma das virtudes cristãs mais celebradas.

Depois das batatas e das bactérias e do amor e da irresponsabilidade e da ida à praia e das conchas, comecei a encontrar-me cada vez com mais assiduidade com esse tal estrangeiro e a perceber que ele nos envolve e se mistura nas nossas vidas sem que nos apercebamos sequer da sua presença, apesar de tonitruante e penetrante e inescapável: a cadela chihuahua que corria pelos corredores era de raça mexicana e o seu nome, *Gina*, devia-se a uma atriz italiana (Lollobrigida); o café vinha do Oriente ou de Timor ou do Brasil ou da Colômbia; os sapatos do meu pai eram italianos; as nuvens traziam dentro delas gotas de mares distantes; os livros da nossa biblioteca eram maioritariamente assinados por gregos e romanos; as colónias das tias eram francesas; Colónia é na Alemanha; o milho era da América Central; o nome do salão de dança da vila era um trocadilho inglês (Coincidance); os tomates eram americanos; a Bíblia era semita e Deus tinha encarnado num estrangeiro, num judeu; o latim da missa era romano, assim como os esgotos; os números eram árabes; o açúcar vinha do Brasil; o pinheiro de Natal era nórdico; os árabes trouxeram laranjas e melão; o arroz e as massas vieram da Ásia; a bolacha Maria foi criada por um padeiro inglês; o ser humano nasceu em África; o nome Salazar é espanhol; as cartas de jogar vieram da China; a canela do arroz-doce era indiana; a única verdura verdadeiramente nativa da Europa era a couve, tudo resto era estrangeiro, a amêndoa veio do Afeganistão, as maçãs do Cazaquistão, os pêssegos da Pérsia, o damasco não veio de Damasco, mas da Arménia, a alcachofra, da Palestina; nós, todos nós, somos pó de estrelas, as nossas sombras, as sombras que via em criança a passearem pela casa, soberanas e intocáveis, eram um produto dos nossos corpos mesclados com uma estrela de tamanho médio que envia bocados de si própria e que, ao passar pelos nossos limites, pelas nossas fronteiras, faz nascer uma silhueta. A sombra diurna é um casamento de seres e objetos com uma estrela. Uma sombra na Terra demora oito minutos a ser feita. Imagino que cada fotão já parta apaixonado, e, à velocidade da luz, venha na nossa direção apenas para nos pintar de negro contra uma parede branca. Desenhar-nos. Não é estranho que tenhamos uma estrela a desenhar-nos? E que o faça precisamente do oposto daquilo de que é feita? Porque essas imagens não são de luz, são feitas da ausência dela.

Porém, o que me baralhou definitivamente foi quando percebi que a pessoa que mais amava naquela casa também era um terreno estrangeiro.

A minha mãe.

A minha mãe era como se vivesse fora das nossas vidas, remetida à cozinha, às canções da rádio cantadas com as outras mulheres, ao tricô, aos bolinhos e ao chá. Havia também uma fronteira entre a sala e o fogão, entre a biblioteca e as lãs, entre o vinho e o chá.

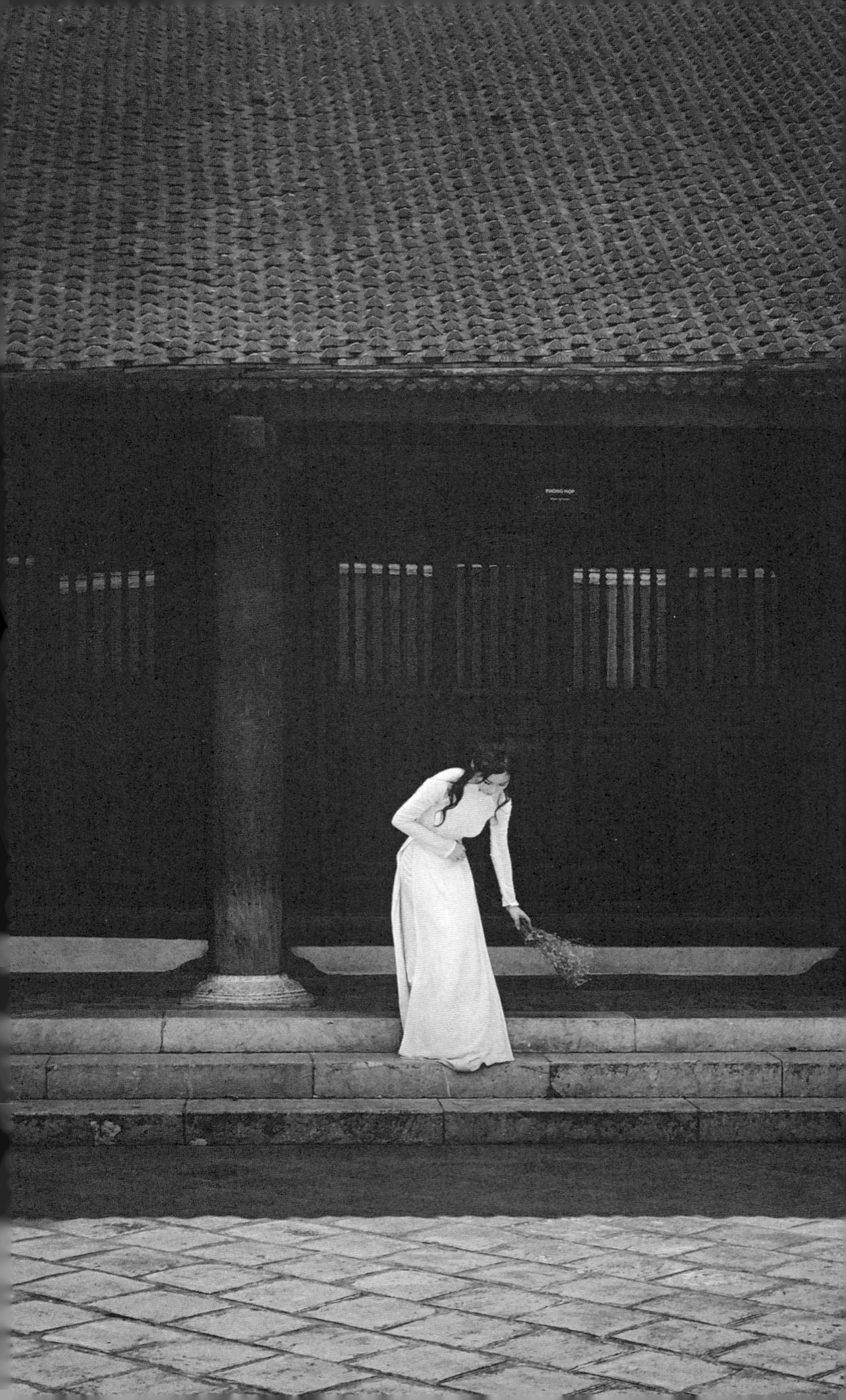

No entanto, no sangue do homem há uma vaga, uma antiga corrente marinha, que é de algum modo aparentada ao crepúsculo, a qual traz até ele rumores de beleza provenientes de todas as lonjuras, tais como vestígios flutuantes de ilhas ainda não descobertas nos chegam pelo mar.

Lord Dunsany, Contos

O da Herdade Nova era bonito, alto, atlético, dentes perfeitos, apelido perfeito, cabelos lisos, era galante, sabia falar, colocar a voz um tom abaixo, o que dava um ar sério e comprometido, perfeito como todos os homens perfeitos. A Fernanda da farmácia estava caída de amores, olhava para ele com os olhos a tremer, com as mãos a entrelaçarem-se como cabelos, a voz a vacilar, a abdicar de toda a firmeza. Ou eu assim achava, porque na juventude sabemos tão pouco que dói, estamos constantemente errados, acostumadamente equivocados.

Tínhamos ambos dezoito anos, mas ele parecia ter uma década mais. A década não aparecia na cara, mas era evidente nos gestos.

Como poderia eu, rapaz relativamente deformado, sonhar um dia casar-me com a Fernanda da farmácia, quando o meu rival era o ápice do cânone grego, uma pessoa meio dicionário mitológico, meio recordista dos cento e dez metros barreiras? Mas, na verdade, o segredo é incorpóreo, não se vê. A realidade pode ser muito dura, mas os sonhos dão boas almofadas. O mundo pode ser de pedra, mas os sonhos são um colchão por cima dele e têm a teimosia e a ousadia de não desistir. Por mais que os afastemos, enxotemos como fazemos às moscas incómodas, os sonhos voltam sempre a assombrar-nos, a pousar-nos na cabeça, a picar-nos. Não é a dureza do mundo que vence, são estes insetos frágeis, sem ossos, sem corpo, a que chamamos sonhos, que acabam por fazer buracos no mundo, por o penetrar e vencer.

O da Herdade Nova era alto, era bonito, tinha os ombros largos e as coxas de um atleta de competição, as mãos fortes, os dedos compridos, o peito cheio. E, sobretudo, sabia colocar a voz. Um tom abaixo.

A minha única arma era a teimosia de um sonho.

O Dois Metros tentava dissuadir-me de conquistar a da farmácia.
— Quem, então?
A pergunta só fazia sentido se a escolha fosse limitada. E, para mim, era. Havia as mulheres adequadas ou as outras. Eu preferia as adequadas, que correspondessem à descrição paternal, a quaisquer outras.
— A da papelaria — sugeriu o Dois Metros.
A da papelaria nem sequer se colocava como hipótese.
— A da papelaria não gera futuro.
— Tens razão. Talvez devas esperar. Casar para quê?
— Ter filhos, família, sentar-me à lareira.
— Por vezes, soas igual ao teu pai. E o amor?
O amor era cheio de janelas abertas, correntes de ar, milhões de bactérias, fonte de medos, milhões de *deimos*, o amor podia destruir as paredes que erigíamos com tanto esmero, o amor podia até abraçar o estrangeiro, a distância, podia destruir toda a ética, deixar-nos à mercê do insólito,

do inesperado, do horror da surpresa A minha noção de amor, na juventude, era uma noção de propriedade. Se era algo que podia fazer parte da casa e da sua perpetuação, muito bem, poderia ser considerado. De outro modo, era uma fera, uma ferida, uma doença, tal como o meu pai me ensinara: o amor constrói-se, por isso a escolha deve ser racional e não passional, escolhemos uma pessoa adequada e depois vamos criando um edifício amoroso. O amor que nasce do ímpeto sentimental ou carnal é perigoso. É um ladrão de sobriedade e objetividade. Barbarifica-nos. Temos de olhar para ele como quem olha para a porta e vê o que está do lado de fora. A passos, devagar e ponderadamente, vai arriscando, conquistando território selvagem e domesticando-o. A exaltação é para as galinhas. Os seres humanos decidem com ponderação, é tão simples quanto isso, não cacarejam nervosos.

— O amor vem de Deus.

O Dois Metros colocou então a hipótese de o amor da Fernanda da farmácia poder nascer da carne e não da conveniência social, do florir do corpo e não da razão, e, palavras dele, um amor pode ser mais entremeada do que missa. Isso explicava por que motivo a Fernanda preferia o da Herdade Nova. Fiquei tão irritado com a possibilidade de a Fernanda da farmácia poder preferir a carne ao espírito, que me dispus a provar o contrário: afastá-la-ia do da Herdade Nova e casar-me-ia com ela. Já não era apenas a sugestão ou a imposição paternal, era uma questão ética, religiosa, e até metafísica. Se a carne, se um monte de músculos e boa aparência vencem a deformidade e o intelecto, então não há mais esperança para o mundo.

Arregacei uma das pernas das calças, mostrei o pé deformado e disse-lhe:

— A imperfeição conquistará o mundo.
— Calça-te.
— Vais ver.
Nesse dia, planeei a minha nova missão outonal.

Peguei no meu caderno e comecei a fazer contas. Efetivamente, tudo indicava que eu era um melhor partido, fosse pela descendência, fosse pela educação e cultura, fosse pelas posses. Ambos estávamos a entrar na idade adulta e, ainda que ele parecesse mais maduro, eu era definitivamente mais inteligente e ponderado, mais focado, mais organizado, mais cristão, mais caridoso, mais generoso e, evidentemente, mais modesto. A única matéria passível de derrota era física. Eu era disforme. Concluí então que para a Fernanda a aparência era mais do que a essência e que era preciso demonstrar-lhe o erro em que incorria, e passei a agir como uma pessoa apaixonada. Talvez tenha sido por isso, por essa pantomima, ao comportar-me como alguém consumido pela paixão, que me apaixonei realmente.

Passava todos os dias pela farmácia.

Passava pouco tempo com a minha mãe, que emagrecera demasiado nos últimos meses sem eu reparar.

Passava pouco tempo com o Dois Metros.

Na verdade, mal nos falávamos.

Quando nos cruzávamos, ele acabava sempre por encontrar um argumento para me dissuadir de casar com a Fernanda, para me convencer de que eu estava destinado a outra pessoa, a um grande amor, que ela era gorda, feia, demasiado bela, prepotente, magríssima, tinha nariz pequeno, era tímida, pobre, rica, tinha nariz grande, que o da Herdade Nova era muito mais galante do que eu, que desistisse e não me humilhasse numa empresa que não estava ao meu alcance. A minha relação de amizade com o Dois Metros fragilizava-se proporcionalmente ao meu desejo de contrair matrimónio com a Fernanda da farmácia.

Apesar das adversidades — uma delas era o meu pé, o desequilíbrio com que caminhava —, insisti. Continuava a descer e a subir a rua da farmácia, procurando vislumbrar através da porta de vidro fosco a sua silhueta a servir antibióticos e xaropes para a tosse. Curiosamente, vi a minha mãe na farmácia algumas vezes, muito mais do que seria seu hábito, mas não tive presença de espírito para reparar nisso, os meus olhos estavam fernandorientados, monofocados.

Com pedras, desenhava corações no caminho da Fernanda, entre a farmácia e a sua casa. Gesto que haveria de se voltar contra mim.

Cansado das minhas tentativas desajeitadas de sedução, acabei por concluir que se, através do espírito, derrotasse fisicamente o meu rival, a omnipotência do amor espiritual seria definitivamente provada, pelo menos aos olhos da Fernanda da farmácia, que haveria de perceber a ilusão torpe em que vivia, desrespeitando a única e verdadeira noção de amor, que deve ser um sentimento lento, construído com paciência e razão divina. Assim, eu teria de ser capaz de, sendo muito mais fraco fisicamente, fisicamente derrotar o da Herdade Nova. A nova missão outonal, segunda grande missão outonal da minha vida, ganhava forma.

O meu raciocínio levou-me então a considerar o seguinte: precisava de um aliado, o mais forte que pudesse conceber: não me limitaria a entidades finitas e mortais. A catequese já há muito me havia explicado quem seria esse aliado de grandeza inconcebível. Bastar-me-ia que Deus lutasse ao meu lado, e, parecia-me evidente, Ele estaria sempre do lado da essência e não dos músculos, do lado dos deformados, aleijados, magoados, do lado da justiça. Confiaria n'Ele, não havia outra hipótese, nem melhor nem mais desejável. O espírito acabaria por vencer a carne e mostrar cabalmente à Fernanda da farmácia como de facto funciona o mundo e como deve ser a engrenagem moral da vida.

Visitei o Dois Metros, apesar do desgaste da nossa amizade. Enfim, até os anjos caídos serão levantados. Expliquei-lhe o que ia fazer.

Pus algum queijo e pão na mochila e saí de casa. O Dois Metros, atrás de mim, a implorar que não o fizesse, que o da Herdade Nova até corações deixava no caminho da Fernanda, desenhados com pedras.

— O quê? — gritei eu.

A Fernanda julgava que essas pedras no caminho (que irónico, pedras no caminho) eram obra do da Herdade Nova, mas o equívoco dos corações desenhados no chão não me fez desistir. Era um revés que poderia, havendo tempo e sobriedade, explicar. Entrei no Café Central, dirigi-me à mesa do da Herdade Nova e disse: vamos lá para fora e lutamos pela Fernanda.

Ele levantou-se sem dizer nada. O Dois Metros, que já tinha havia muito atingido o pico da sua altura, um metro e sessenta e quatro, agarrava-me a camisola.

Saímos os dois, eu e o da Herdade Nova, com uma corte de homens a invectivar-me e a rir-se, usando as palavras mais duras que poderiam pingar das suas línguas, enquanto o Dois Metros me objurgava, temeroso, não vás que te arrependes, não vás que te matas, aquela mulher não te merece, aquela mulher é um demónio, eu dizia que tinha um grande aliado, quem?, perguntava ele a olhar para todos os lados, o maior de todos, disse eu, verás.

Apesar da minha aparente confiança, todo o meu mundo era pânico, *phobos* incalculáveis.

Já na rua, tirei o casaco e arregacei as mangas. O da Herdade Nova riu-se.

Baixou a cabeça.

Agarrou-me o pescoço com a mão direita e eu não me consegui mexer.

Aproximou o rosto do meu.

Ainda mais.

E ainda mais.

Parecia que tudo se passava em câmara lenta.

— *Eli, Eli, lama sabactani* — disse eu.

Ainda tenho as cicatrizes dessa luta, não imaginas como foram profundas.

No momento em que o rosto do Arnaldo da Herdade Nova se aproximou do meu para me ferir para sempre, parecia câmara lenta, já o disse, porque foi efectivamente um gesto demorado, ele encostou os lábios à minha orelha.

Ainda consigo sentir o calor do seu bafo, o cheiro acre das palavras sussurradas ao meu ouvido:

— Fica tu com ela. Eu não a quero para nada. Ela não presta.

E essas palavras enterraram-se dentro do meu crânio. Na altura, fiquei feliz, como se podia ser feliz, no limite da felicidade, sem suspeitar de que aquelas frases sentenciosas seriam a mais terrível fatalidade. Foi o mais espetacular *KO* da história universal, um *KO* que haveria de se revelar muito tempo depois de ter sido lançado contra o meu rosto. Como um soco que começou a ser dado lentamente, demorando anos a atingir-me com uma violência difícil de descrever.

Além desse *KO* com palavras, seguiu-se então um soco com a mão que me esmagou a cara e me arrancou dois dentes.

A humilhação de ter caído com um soco do meu rival só me atingiu no dia seguinte.

Sabendo que o da Herdade Nova não queria a Fernanda e que eu tinha agora o caminho aberto, apresentava-se-me um novo problema: ele não a querer e eu ter sido humilhado não ajudavam a que a Fernanda deixasse de o amar. Os meses passaram-se sem qualquer novidade, para além de já não passar tão amiúde pela farmácia e continuar a não reparar na magreza incomodativa da minha mãe, que ainda se despedia de mim todas as noites, apesar de eu já ser adulto, passando delicadamente a mão pela minha deformidade, como se esse gesto me pudesse corrigir, me pudesse curar. E talvez o fizesse. Aos seus olhos, não creio que alguma vez eu tivesse sido um aleijado. É que o amor corrige o mundo.

Sentia-me deprimido, incapaz de agir, de avançar. Sempre tive dificuldade em abrir janelas, o ar não entrava na minha vida. E, depois da derrota física a que me sujeitara, não podia deixar de ficar ressentido com o papel divino, a sua inexplicável ausência ou desprezo, precisamente na altura em que fazia mais falta, em que o fraco combatia o forte, em que o disforme combatia o músculo, as proteínas e a sorte na lotaria genética. A minha fé tinha também levado um soco e perdido dois ou três dentes. Preparei-me para sair da vila. Sim, foi a primeira vez que pensei em sair do meu lugar, depois da minha primeira missão outonal, cuja seriedade (ou infantilidade) poderá ser posta em causa na luta pelo primeiro posto.

Fiz as malas.

E, quando me preparava para partir, o Dois Metros bateu à porta, ofegante, com uma notícia que haveria de mudar a conjuntura quer das minhas relações de amizade, quer das minhas pretensões românticas. Lembro-me nitidamente desse dia. O Dois Metros sentou-se na mala que eu tinha à porta e contou-me as novidades. Eu abracei-o de felicidade. Levantei a perna esquerda das calças, tirei o sapato e a meia.

— Estás a ver?
— Estou.
— As nossas dores salvam-nos.

O Dois Metros enrolou um cigarro e acendeu-o.

— Pois. Tapa lá isso.

E expeliu o fumo para o ar.

Fui buscar uma aguardente e servi dois copos.

— Então o da Herdade Nova foi para a guerra?
— Sim, para a Guiné.

Pensei, enquanto bebia a aguardente, que ele não sobreviveria ao ultramar. Senti alguma felicidade nisso. Imaginei uma bala a entrar-lhe pela pupila castanha de um dos olhos, a esguichar sangue por todo o lado, o da Herdade Nova a cair no chão enlameado, a ficar ali esquecido para sempre, com a cara desfeita.

Era Deus a lutar ao meu lado. Afinal, estava do lado dos fracos, só havia demorado demasiado tempo a perceber quem era o coxo naquela luta.

— Não deve sobreviver, aquilo na Guiné é tramado — disse o Dois Metros.

Apesar disso, não fui ter com a Fernanda da farmácia. Tinha medo de ser uma segunda escolha. E, além disso, perguntava-me se a ausência do da Herdade Nova faria com que ela o esquecesse e passasse a amar-me perdidamente. Não sabia responder-me, e por isso hesitava.

O Dois Metros levantou-se da cadeira onde se sentara e, ao erguer-se, esticando o corpo, vi que trazia vestido por baixo da roupa o fato de banho da mãe dele, dessa vez, um modelo florido. Via-se entre as calças e a camisola.

— Estiveste a treinar?
— O quê?

Fiz um sinal com o indicador a apontar para a tira de fato de banho que espreitava.

— Luta greco-romana?
— Sim, estive.
— Não vai ser fácil — disse eu.

Pensei detectar alguma tristeza no seu olhar, mas não percebi o motivo.

Peguei na meia, mas não a calcei. O Dois Metros olhava para mim sem a comiseração que eu gostaria de receber. Mas, na verdade, o meu pé, grotesco, era a minha salvação. O da Herdade Nova estava na Guiné e eu estava em casa. Graças à imperfeição. Era a infelicidade que me salvava a vida. Em criança, chamavam-me o "fora de pé", alcunha que sempre me incomodou. Eu tentava disfarçar e, quando me chamavam assim, punha uma cara imperturbável, mas acabava por desenhar um sorriso que me traía e que mostrava o desconforto de ser aleijado, de nunca ter podido atirar-me do comboio em andamento como faziam os rapazes da vila. Pode parecer tonto, mas não poder saltar do comboio magoava-me mais do que ser aleijado, porque era, mais do que mancar, a certeza de que não era igual aos outros.

Pela primeira vez, acariciei o meu pé deformado, como fazia a minha mãe, com a gratidão que apenas dirigia a Deus na missa, passando a mão pela pele avermelhada, pelos sulcos, pelos buracos, pela irregularidade, e senti alguma beleza, sim, era isso, uma beleza, uma espécie de erotismo. Calcei a meia. A deformação era o que me mantinha de pé, literalmente e de várias maneiras.

— Tens o caminho livre — disse o Dois Metros.

A nossa amizade estava mais sólida.

— Referes-te à Fernanda da farmácia?

— Pois.

— Já não estou interessado — menti.

As tias do Norte, as duas que ainda eram vivas, mandaram-me sentar.

— O menino sente-se e ouça-nos e depois levante-se, vista o seu melhor fato, o marrom, ponha uma flor na lapela, um lenço no bolso e vá a casa do farmacêutico pedir a filha dele em casamento. Estamos cansadas da sua passividade, e seu querido pai, que Deus o tenha, haveria de gostar de ter descendência.

— Vou ter com a Fernanda?

— Essa.

— E o da Herdade Nova?

— Quem?

— O que foi para a guerra.

As tias entreolharam-se.

— Não sei, escute, menino, a da farmácia só pensa em si, tem ancas largas, é trabalhadeira, sabe cozinhar, coser, o pai tem algum dinheiro, o apelido soa bem, o seu pai aprovaria.

Falavam como se fossem um dueto:

vista o seu melhor fato

ela ama-o desde garota, quer ser feliz para sempre e só o será consigo, pois, meu menino, ela só pensa em si

e ponha uma flor na lapela,

desde que se lembra de ser gente, é coisa escrita desde que Deus Pai decidiu criar os orbes celestes, as estrelas, a abóbada cerúlea, os anjos e arcanjos e moldar o ser humano a partir de um pouco de barro

vista o seu melhor fato,

penteie-se,

Ponha uma flor na lapela.

— Na alegria e na tristeza?
— Sim — disse eu.
— Sim — disse ela.

O Dois Metros foi o meu padrinho. As tias do Norte choravam. A minha mãe estava comovida, mas serena. Também naqueles instantes, consumido pela felicidade do sacramento, pela agitação inevitável do coração, não compreendi que a face contida da mãe resultava do medo de sorrir, do receio de que, ao formar um sorriso, tivesse de o substituir por um esgar de dor física, e o seu rosto, num momento de felicidade como aquele, fosse a cara deformada da doença que a matava.

Recordo muito bem o trajeto que os nossos lábios, os meus e os da Fernanda, fizeram pela primeira vez, uns na direção dos outros, até se tocarem, a sua lenta aproximação, o tempo ia desacelerando, as pálpebras caíram criando a noite, a noite melancólica dos amantes, os lábios cada vez mais perto, a respiração quente (há quem diga que é doce, mas é uma hipérbole poeticamente pobre, um beijo tem de ser tudo menos doce, tem de conjugar demónios), os lábios cada vez mais perto, o coração cada vez mais como as gazelas do monte Hebron, os lábios cada vez mais perto, talvez as nossas mãos se tenham apertado, o rosto enrubescido (noutras alturas fica corado, mas com os beijos enrubesce, há um glossário apropriado a todas as situações e devemos estar atentos à linguagem certa, devemos muito à exatidão), os lábios cada vez mais perto, o coração aos pulos pelo monte Hebron, as pernas frágeis e vacilantes sob o peso do que está para vir, os lábios cada vez mais perto, mil anos mais perto, pois o tempo está quase parado, uma inspiração entrecortada, arrepios pelo corpo, os lábios cada vez mais perto, uma eternidade mais perto, os pelos dos braços eriçados, a pressão na boca do estômago, alguns cabelos colados à testa com o suor do calor de julho, as bocas entreabertas, os lábios cada vez mais perto.

E tocaram-se.

Foi precisamente nesse instante que a dúvida se instalou. Foi quando o soco do *KO* do da Herdade Nova me atingiu verdadeiramente.

Aquele primeiro beijo, já normatizado pela intervenção da Igreja, acabou por despertar o sentido das palavras que o da Herdade Nova pronunciou com os lábios colados à minha orelha. Aquelas palavras substituíram aquele beijo e os beijos consequentes e estes ficaram estragados, contaminados pela frase do da Herdade, ela não presta, podes ficar com ela. Aquele beijo, que deveria saber-me a céu e sinos a tocar, tinha um leve sabor a tragédia romântica. Ela não presta, era o que eu ouvia naquele beijo.

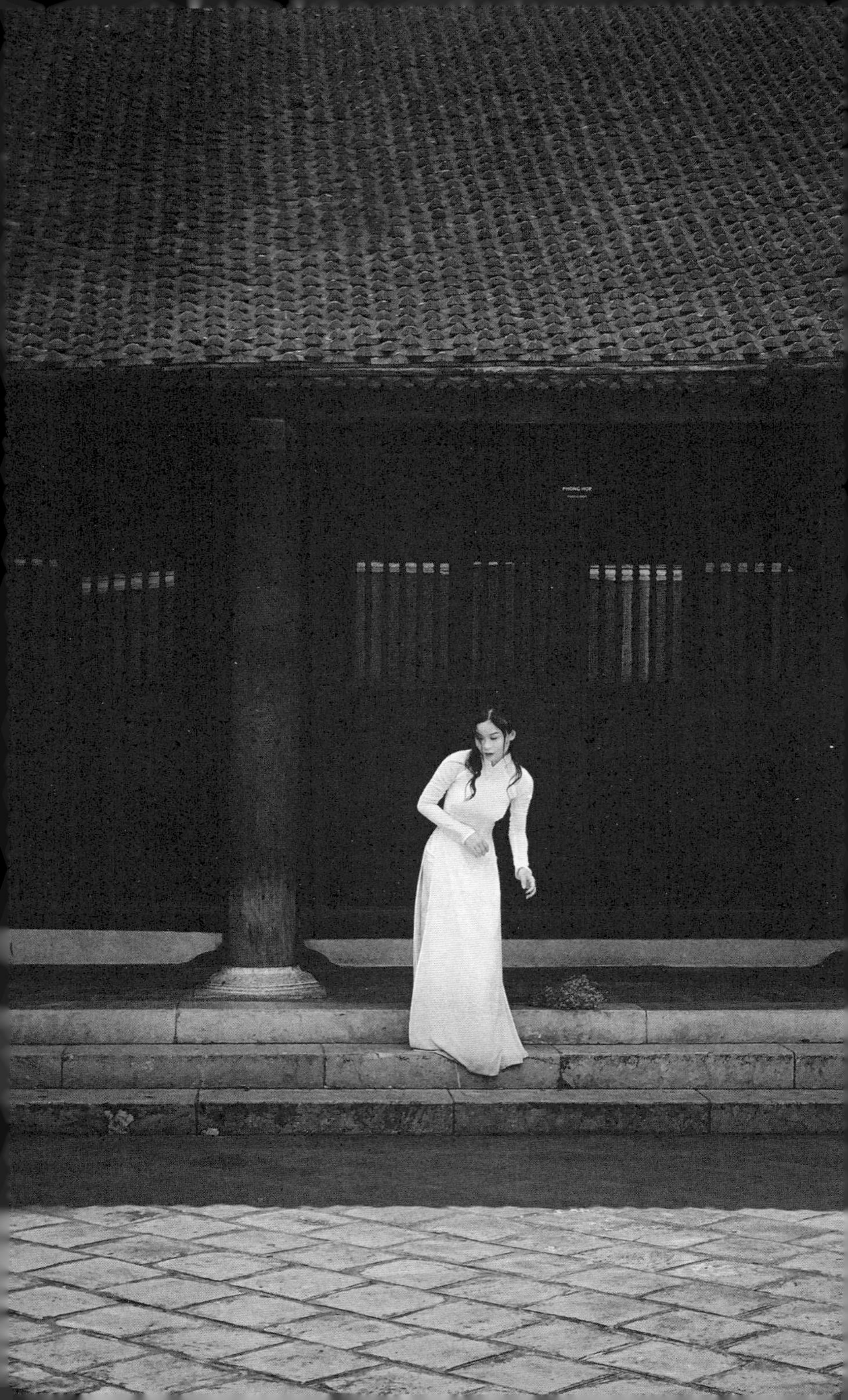
PHONG HOP

Infelicidade é questão de prefixo.
[...] e que viver é um rasgar-se e remendar-se.
João Guimarães Rosa, *Tutameia*

Cortam-se as asas dos pássaros para que não fujam, para que não voem.

De certa maneira, naquela altura, na minha altura, não educar as mulheres equivaleria a partir-lhes as articulações, uma vez que isso dificultaria, ou impediria de todo, a sua saída de casa, a sua independência. Curiosamente, as amazonas, dizia Hipócrates, deslocavam as articulações dos filhos varões, nas ancas ou nos joelhos, para que não pudessem lutar ou fugir e não se organizassem contra as mulheres. Davam-lhes profissões sedentárias: sapateiros, por exemplo (que ironia, fazer sapatos e não poder caminhar). Essa ideia atribuída às amazonas parece-me apenas uma transposição daquilo que é uma ideia de poder masculina.

Mas há outras maneiras de olhar para as limitações impostas aos que amamos. Por vezes, nascem precisamente do amor. Hoje, acho que a minha mãe via a minha deformidade como uma bênção.

Antigamente deformavam os ferreiros nas ancas, nas

pernas, nos pés, para que não pudessem deixar a comunidade com os seus segredos, com o ferro, com as armas mais poderosas. A pessoa mais importante era então deformada para que não caminhasse.

Acho que eu fui a personificação disso mesmo. O meu pai, por medo (também de me perder?), deformou-me com a sua educação, limitando a minha possibilidade de me deslocar, fez-me coxo na cabeça; e a minha mãe, por amor, prezava a minha deformidade física porque isso me mantinha perto dela, me afastava da guerra, me salvava.

Dos primeiros meses do meu casamento, tenho pouco a dizer, exceto que me fui assemelhando ao pai, barbarificando o mundo. Passei a sentar-me à lareira a fumar cachimbo, a deslocar as ancas e os joelhos da minha mulher (figuradamente, claro), e creio até que me tornei uma versão mais composta, mais conforme a tudo o que me foi ensinado, não deve sair de casa, menino, não deve morrer longe, menino, é tão simples quanto isso, e a minha vida transformou-se rapidamente numa estranha maneira de definhar. O único objetivo era manter a estabilidade da pedra cúbica e as suas arestas afiadas. Detestava janelas abertas e obriguei a Fernanda a largar o trabalho na farmácia, porque não me agradava o contacto dela com os clientes, ainda por cima, doentes ou potencialmente doentes. Ela anuiu na condição de, não trabalhando diretamente, poder controlar o negócio, uma vez que o pai já estava perto de se reformar.

As tias do Norte partiram finalmente para o Norte, libertando a casa das suas figuras pesadas, dos *pliés* em frente à televisão, do cheiro omnipresente a colónia e a laca. Despediram-se comovidas, agarrando-me nas bochechas como quando eu era criança e dando os conselhos triviais nestas situações, em coro:

— O menino seja um bom marido,

— não ande a correr feito doido, só os incapazes correm atrás da vida,

— ouça bem, menino, seja um bom pai, colherá o que semear,

— os homens de bem, tal como o seu falecido pai, Deus o tenha ao Seu lado, esperam que a vida lhes traga o que é seu por direito,

— trabalhe com zelo, que para descansar terá a eternidade.

— esperam sentados, não andam a correr. Felizmente, o menino é coxo e parte desse problema está naturalmente resolvido.

E, de facto, a nossa família foi-se gerindo assim, apesar de, em certa medida, contrariando o conselho das tias, eu sentir que corríamos, mas corríamos de uma maneira muito especial, corríamos para ficar parados, como a rainha de copas. E assim foi, até um dia, até o momento em que apareceu a pessoa que haveria de mudar tudo. O estrangeiro. O mundo de fora. O mundo de tão longe que fica para lá do que é longe: a tua mãe. A minha mulher era dedicada, indecisa, nervosa, e pude verificar que as tias do Norte tinham razão: ela amava-me. Desde que deixara de trabalhar na farmácia, ia pela manhã e ao final do dia controlar a caixa e os dois empregados. A minha mãe praticamente não falava com ela, apesar de a tratar com cordialidade (eu continuava cego para a sua decadência evidente). A Fernanda costumava penteá-la, com carinho, parecia-me, e tricotavam juntas em frente à lareira, em silêncio. As agulhas das duas mulheres pareciam dialogar, ou lutar, não sei dizer, às vezes sobrepondo o som, outras encontrando uma momentânea sintonia para rapidamente voltarem à desordem intervalada por arbitrários momentos de silêncio, ora de uma delas ora das duas simultaneamente. Creio que um criptógrafo poderia encontrar ali uma linguagem qualquer e traduzi-la para um diálogo, ou para uma discussão, talvez aquele som de agulhas a bater fosse um discurso sincero e naturalmente doloso. Lembro-me de ficar muitas vezes absorto e concentrado nas duas, nos seus rostos, nas suas mãos, nos sons, nos gestos, lembro-me de concluir que as duas mulheres sabiam perfeitamente o que diziam a tricotar e que eu era o único que não percebia nada. Eu era o estrangeiro.

    A velhíssima criada da Mealhada, que milagrosamente ainda se mantinha viva e ativa, mais ou menos vertical, servia, por volta das quatro da tarde, bolinhos que comprava na padaria, de manteiga, recheados com doce de morango, e chá preto com umas folhas de hortelã. Sempre em silêncio, a minha mãe e a minha mulher guardavam os novelos e as agulhas, deitavam açúcar no chá e retomavam o diálogo do tiquetaque, desta feita com o bater das colheres nas chávenas enquanto mexiam e, para concluir, batendo nas bordas antes de pousarem as colheres nos respectivos pires. Sempre em silêncio, sopravam o chá, comiam um bolinho cada uma, sopravam o chá, bebericavam, comiam mais um bolinho, voltavam a soprar o chá. A criada, admiravelmente em pé, esperava que acabassem o lanche, levava o tabuleiro, a Fernanda pedia licença e retirava-se. A mãe baixava a cabeça em assentimento. Eram assim muitas das tardes.

    Depois da inspeção do final do dia, a Fernanda voltava um pouco antes da hora de jantar. Era à mesa que falávamos mais, especialmente sobre o quotidiano da vila, sobre os boatos do dia, sobre política e sobre a moral dos outros, sempre tão duvidosa e frágil. Aos domingos, o dr. Vala juntava-se a nós para almoçar. Saía sempre a queixar-se das costas, malditas cruzes, a insultar a gota e a elogiar a comida, o cabrito, o bacalhau, as migas, as caldeiradas, os enchidos, os cozidos, e a mulher dele a gabar-lhe a inteligência, que inteligente que é, meu querido, com ideias tão profundas e verdadeiras.

As noites entre mim e a minha mulher poderiam ter sido momentos de fulgor e calor entre duas pessoas recém-casadas, mas o ambiente era de escritório. Ela era, como já disse, indecisa, e isso paga-se caro na cama quando tudo deve ser fluido, sem hesitações. E eu, pelo meu lado, estava ali como quem carimba um formulário, zeloso do dever da multiplicação, sem manifestações que pudessem abalar a sobriedade cristã, para a frente, para trás, para a frente, para trás, ela de olhos colados no teto, eu de olhos colados na cabeceira da cama de carvalho, controlando a respiração e concluindo, com uma espécie de suspiro longo, que, se resultasse em descendência, haveria de justificar aquela cena ridícula, que é a cópula executada como nós a executávamos.

Eu retirava-me então de cima dela, apagava a luz e fechava os olhos. A Fernanda, nas primeiras semanas, dizia que me amava e dava-me a mão, mas depois, aos poucos, foi deixando de o fazer. Talvez por falta de reciprocidade ou simplesmente porque havia desistido.

O que é certo é que o desejado resultado daquelas noites enfadonhas, a multiplicação, não aconteceu. Nada que me afetasse, eu era o homem, o problema era sempre da mulher e dos úteros secos. Os olhares da criada velhíssima, da minha mãe, o meu e o da Fernanda manifestavam alguma preocupação. O da Fernanda estava também carregado de culpa.

E, entretanto, a minha mãe ia ficando transparente, macilenta, parada. Sentava-se sozinha nos cantos a rezar.

Cheguei a elogiá-la por isso, sem me aperceber de como ficava invisível.

Em criança, eu evitava o rio porque a criada velhíssima dizia que os fantasmas gostam de água. Estão sempre sedentos. Depois de me casar, passou a ser o meu lugar favorito para descansar do trabalho de gerir a propriedade. O Dois Metros sentava-se comigo ao final da tarde, nas margens, a fumar. Os pensamentos dos peixes consistem inteiramente em água, pensei enquanto os observava a nadar no rio. Os peixes só devem pensar em água, disse ao Dois Metros.

— Ou então não: nós não estamos sempre a pensar em ar — rebateu ele. — De resto, não sei se os peixes serão dados a lucubrações filosóficas. Já não me lembro quem contou a história de um peixe que passa por outros dois e pergunta: Então, como está a água? E os outros entreolham-se e interrogam-se: Água? De que é que ele está a falar? O que é a água?

Riu-se e continuou:

— É isto, não é? Não percebemos o lugar onde vivemos porque estamos encerrados nesse mesmo lugar. A nossa água é a rotina, o lar, o senso comum.

— Então os pensamentos dos peixes não são sobre a água?

— Não me parece.

Reparei que trazia vestidas umas cuecas da mãe, com rendas. Viam-se a sair das calças. Ele notou que eu reparei e disse: Estive a treinar luta, mas a desculpa não me soou nada convincente. Aquilo não se parecia nada com os fatos de banho, ou lá o que é, que os lutadores usam.

Acendeu um cigarro. Ficámos em silêncio e ele atirou a beata ao rio. Voltou ao assunto dos peixes:

— A água para os peixes é tédio, rotina, não se apercebem.

Era isso, Dois Metros, o tédio pode ser convertido nas mesmas contas da moral e da barbárie. O tédio, Dois Metros, é resultado do conforto do lar, da isenção da ameaça externa, do enfraquecimento da Cochinchina.

— Sim — concordei —, é tão simples quanto isso.

Sim, era tão simples quanto isso. À medida que nos afastamos da rotina, que é a coluna vertebral da moralidade, a nossa água, o costume, a tradição, entramos no caos, no relativismo, no estrangeiro, na barbárie, enfim, na imoralidade. E eu, no meio da água em que vivia, não me apercebia da sua composição, porque essa rotina é também uma forma de cegueira. Não me apercebia de como à minha volta se sofria silenciosamente: a minha mãe, a minha mulher, eu, o meu melhor amigo, a criada, o dr. Vala com as suas dores nas cruzes, e a esposa dele, sem vida para lá da posição social do marido.

— Olha que se as pessoas — disse ao Dois Metros — reparam que usas cuecas de mulher, podem pensar outras coisas. As pessoas não sabem que queres ser lutador.

Porque a criada velhíssima da Mealhada estava velhíssima, sentimos o dever de contratar uma nova criada, que também soubesse cozinhar. Sugestão da minha mãe. Senti-a tremer quando o sugeriu, mas achei que era apenas fruto da emoção de considerar que a nossa criada de há tantos anos podia estar a chegar ao final do contrato laboral, que, nesse caso, coincidia com a própria vida.

Recordo distintamente a primeira vez em que eu e a minha mulher vimos a tua mãe, o momento em que ela entrou na sala e eu mandei fechar as janelas. Estão fechadas, disse a Fernanda. Estão fechadas, disse a criada em uníssono. Claro que estão, disse eu. A tua mãe era daquelas pessoas que irradiava uma luz, como se fosse um candeeiro aceso, e eu fiquei sem saber o que fazer ou dizer, a boca ficou longínqua e seca, a Fernanda disse sente-se, a tua mãe sentou-se, incandescente ali no meio, com um vestido preto, as mãos unidas pousadas no colo, a cabeça baixa, o cabelo negro apanhado. Era uma mulher educada, a voz muito fina, quase translúcida, e as suas palavras, ditas com sotaque, faziam-me cócegas no corpo. Fiz os possíveis por esconder o deslumbramento que me assolou nesse instante e julgo ter sido capaz de o fazer, sempre fui bom a conter emoções, tenho uma barragem na aorta, mas

— É muito bom se poder trabalhar aqui.

quando ela disse "é muito bom se poder trabalhar aqui", a minha mulher corrigiu-a:

— Diz-se "seria muito bom poder trabalhar aqui".

A tua mãe ruborizou-se pela correção, e aquela cor ainda hoje é a minha noção de encarnado.

E depois fui eu que entrei em pânico com o que ela disse a seguir.

Tentei afastar aquela impressão luminosa dos olhos, mas tinha a retina carimbada com o fulgor intenso de uma revelação. Quase toda a gente espera casar-se por paixão, amor, essas coisas que nos dão na adolescência e terminam numa igreja a dizer que sim, a prometer o infinito, a garantir que a nossa história terá um final igual, igualzinho, ao dos contos infantis: felizes para sempre. Acontece que me apaixonei, sim, mas por um imperativo moral, ou lá o que foi, e me casei com beijos a saber a "ela não presta. Podes ficar com ela".

Até o dia em que contratámos a tua mãe, eu vivia uma rotina amável, a meia-luz, sem sobressaltos, cego às dores alheias. A partir desse instante, a solidez da minha rotina começou a abrir uma brecha por onde entrava luz. A presença dela haveria de perturbar o tédio nosso de cada dia, abrindo uma janela por onde quer que passasse. Eu, no enfadonho quotidiano que laboriosamente erigi, evitava olhar para a tua mãe: quando ela servia a sopa, eu desviava o olhar para a parede, sacudia uma migalha do fato ou esticava-me para pegar no saleiro, para tentar minimizar a perturbação que sentia no corpo e no espírito. Depois de ela se ausentar, eu fechava os olhos por causa da claridade que me provocava, mas era pior: sabes quando olhamos fixamente para uma luz e fechamos os olhos? Fica tudo a arder com uma intensidade tenaz, que não nos abandona, por mais escuridão que faça dentro de nós, à nossa volta, no quarto, na sala, na vida.

Passados tantos anos, ainda sinto um sabor estranho na boca quando pronuncio a palavra que a tua mãe disse na sala, no dia em que a conhecemos, a palavra que começou o derradeiro ataque contra o edifício que eu construíra com os blocos de pedra da educação paterna.

Nesse encontro primordial, incandescente, a minha mulher perguntou:

— Qual é o seu país de origem?

(Como se não soubesse!)

E a tua mãe disse que vinha do Oriente. Isso era evidente pelo seu aspecto, mas mesmo assim tive vontade de fugir, não pela lonjura que a figura da tua mãe representava nem porque antevia nessa mesma distância o ruir da minha normalidade e a contaminação do tédio que custa tanto construir. Uma surpresa faz-se de repente, mas o tédio exige prática, repetição, repetição, repetição, até ser alcançado o grau de monotonia necessário ao conforto sem sobressaltos. A minha vontade de fugir devia-se à beleza incomodativa da tua mãe, uma presença que abalava a certeza da família que eu estava a tentar sedimentar.

A tua mãe acrescentou "do Sudeste asiático". E, de seguida, disse a palavra que mais me perturbou e que ainda hoje sinto que é uma espécie de definição de amor, disse que vinha de uma região a que antigamente chamavam:

Cochinchina.

Um dia na Cochinchina, calculando os *phobos* correspondentes, é algo como 1 279 670 400 000. Um ano são 467 079 696 000 000 *phobos*. A quantidade de *phobos* que a tua mãe representava era incalculável. Mas já não era a distância, não era o estrangeiro que me perturbava. Era a proximidade. Era o paradoxo de uma pessoa de tão longe me provocar uma proximidade tão grande.

Quando ouvi a palavra Cochinchina, sem me aperceber de que era o amor que eu temia e não o monstro da minha infância, levantei-me e disse gravemente, tal como teria feito o meu pai numa situação idêntica se fosse ameaçado pelo estrangeiro ou pelo amor: fechem as janelas. A minha mulher e a criada velhíssima da Mealhada e a minha mãe olharam para mim, hesitantes, antes de dizerem, em uníssono: estão fechadas.

Cochinchina era para o meu pai o lugar para lá do lugar. Uma pessoa podia pecar, mas a Cochinchina era o metapecado, a fera suprema, o ponto onde a razão enlouquece, estava para lá de Deus. Uma pessoa podia imaginar a extensão do mundo, mas a Cochinchina era um passo além da nossa imaginação. Como nunca tinha sentido uma paixão verdadeira, ainda não sabia que a mesma definição se poderia aplicar ao amor: fera suprema, enlouquecimento da razão, ponto para lá de Deus ou da imaginação.

Não conseguia dormir. Senti que tinha voltado a ter oito anos e que me havia confrontado com a existência de uma região mitológica, uma barbárie onde viviam pessoas, algumas delas bastante luminosas, com caras de janelas abertas, com quem era possível falar e, quem sabe, amar. Não era capaz de dormir. Fui procurar, nos livros de história da pequena biblioteca que herdei do pai, uma explicação racional para aquele espaço geográfico. Encontrei o seguinte: "Originalmente, o nome 'Cochinchina' começou a usar-se porque, existindo uma região — que fazia parte da China, mas hoje é território do Vietname e do Camboja — cujo nome era foneticamente parecido com Cochim (cidade indiana, mais conhecida dos portugueses), houve a necessidade de distinguir as duas, a Cochim da Índia da Cochim chinesa". Cochinchina.

Fechei o livro.

Continuava insone.

A chegada da tua mãe mudou a minha paisagem, já não era capaz de pensar noutra coisa. Era o amor em botão, o amor que ainda não se vê. Como as flores da figueira. O figo é a tal flor que floresce para dentro, em segredo, que não sabe expor-se ou não quer expor-se. O Dois Metros apercebeu-se disso logo nos primeiros dias.
— Estás distante.
Era curioso que usasse aquela expressão, estás distante. Acho que Deus nos dá, à nascença, uma quantidade dela, de distância, e nós usamo-la como acharmos conveniente. Assim, podemos gastá-la em passos, passeios, viagens, enfim, na materialidade da geografia, ou usá-la sem nunca sair do lugar, criando um território entre nós e as pessoas que nos rodeiam. Podemos viver dentro de uma muralha, não sair dela, mas gastamos a distância com quem partilhamos o quotidiano ou saímos dessas muralhas e esbanjamos distância deslocando-nos, física ou mentalmente. Ao fazê-lo, por um motivo que nos pode parecer

metafísico, aproximamo-nos das pessoas de quem estamos fisicamente longe.
Ou seja:
1. Ou gastamos a distância fisicamente e estamos emocionalmente perto de todos com quem nos cruzamos
2. Ou gastamos a distância emocionalmente e ficamos emocionalmente distantes de todos com quem convivemos fisicamente
3. Ou gastamos a nossa distância mentalmente e ficamos emocional e fisicamente próximos de quem nos rodeia
— Distante, como? — perguntei ao Dois Metros, sem lhe dar muita atenção.
— Distante, desinteressado, alheado, avoado, distraído, não tenho mais sinónimos, eu falo em nuvens, tu falas em sapatos.
Não lhe respondi.

A curcuma foi um dos ingredientes que a tua mãe usou no primeiro jantar, a curcuma é um remédio e um alimento. Não sei se isso não será uma espécie de sinónimo.

Depois da morte do meu pai, assumi a direção da propriedade. Também eu, imitando-o sem consciência disso, comecei a passar serões atrás de papéis. No livro de contabilidade (o livro de contabilidade substituiu o livro das contas, de modo natural, tal como a maturidade substitui a infância), a partir do primeiro jantar que a tua mãe cozinhou, comecei a anotar nas últimas páginas os nomes de todos os ingredientes que ela usava, bem como algumas ideias sobre eles. Pareciam orações ou pequenos tesouros. É claro que eu já conhecia o açafrão-da-índia, mas nunca tinha pensado nele como um alimento distante, um alimento cheio de longe. Enfim, peguei num dos livros da biblioteca do pai e procurei informações

— Que fazes? — perguntou o Dois Metros.

Eu não respondi diretamente, li o que dizia o livro e

balbuciei umas palavras, que a curcuma é milagrosa, dá cor ao budismo, é anti-inflamatória, cura todas as maleitas, faz milagres, arranja-nos, corrige-nos, diz-se que pode até fazer, não, isso seria demais, pode até fazer um coxo andar. Mas a característica que mais me fascinou foi quando, semanas depois, reparei que as colheres de pau não perdiam a cor de poente, como se tivessem sido mergulhadas na luz que se derrama nas praias ao final da tarde. As colheres estavam irremediavelmente tingidas. Era uma memória luminosa que não saía com água.

— Fica para sempre.
— Que dizes?
— As colheres de pau ficam irremediavelmente tingidas,
— Vês? Era a isso que me referia, estás diferente...
— a curcuma, por mais que tentemos
— Vou-me embora.
— enxaguar, não sai, é como ela,
— Ela, quem?
— tingiu a minha vida toda. Não sairá com os anos.

O olhar dela é cor de curcuma, anotei eu no livro de contabilidade enquanto o Dois Metros saía furioso, batendo com a porta.

Com a chegada da tua mãe, a nossa mesa diversificou--se, era fácil reconhecer o mundo inteiro no nosso prato, era uma espécie de planisfério, já não se limitava a três ou quatro ingredientes com bacalhau. Comíamos toda a geografia possível, e o nosso território, sem sairmos da quinta, deixou de ser apenas aquilo que, mesmo não sendo dali, fazia parte do nosso ali, como coentros, sardinhas, porco, azeitonas, nabiças, borrego e bacalhau. Essa foi uma das dádivas da tua mãe. Alimentou-me, alimentou-nos, com o mundo todo, e pela primeira vez tive a sensação de perfeita plenitude e harmonia, não apenas pelo estrangeiro que a comida continha, mas por todas as sensações exógenas que agora me habitavam. É evidente que a comida era um símbolo de tudo o que mudava na minha vida. Um espelho carnal da alma.

Foi uma luta difícil de travar: tantos anos a erigir uma muralha interior contra o estrangeiro, com o fantasma do meu pai sempre presente, a sussurrar-me por cima do ombro que tudo era simples, para depois a presença da tua mãe, em poucos dias, fazer ruir serenamente toda a construção de pedra da educação que recebi. O fantasma do meu pai foi perdendo força, como se fosse sendo varrido pela corrente de ar de janelas deixadas abertas. É certo que sempre que olhava para a tua mãe de perto me magoava, porque tudo aquilo abalava os meus alicerces e a minha educação, mas, por outro lado, havia um prazer ao qual não conseguia virar as costas, um pouco como o picante que nos aleija, nos faz chorar e, mesmo assim, procuramos com avidez e deleite.

Anotei no meu caderno de contabilidade:

Quando olho para ela, vejo uma janela aberta.

Um dia, caminhava na rua quando vi claramente que o mundo se dobra de uma maneira estranha, que um acontecimento neste lugar está ligado a acontecimentos em lugares distantes, sem ligação óbvia, como quem dobra uma folha e liga dois pontos dessa mesma folha, que de outro modo jamais se tocariam. Vi, nesse dia, o mundo formado dessa maneira e percebi que, por vezes, podemos ver as estruturas desses fios que unem invisivelmente, sem causa e tempo e efeito lógicos, todas as coisas. Imagina um arco-íris, como esse arco liga dois pontos e quando nos movemos ele liga outros dois e, se nos movermos mais um pouco, ainda outros dois, acabando por unir tudo. Os arcos-íris, explicou-me uma vez a minha mãe, teria eu uns oito ou nove anos, são uma aparição fugaz dessa estrutura implícita no Universo. De repente, vemos as costuras.

A mãe que me levava pela mão, baixando-se à minha altura, explicou-me que no fim do arco-íris não estava um

pote com moedas, como diz a ciência, mas que aquilo eram as costuras do céu, que por vezes se viam, se destapavam.
— Não percebo.
Um dia vais perceber.
A minha mãe levantou a bainha da saia.
— Vês, tudo tem o seu segredo.
Agora, muitos anos depois, não sei se era isso que a minha mãe me queria dizer, mas olho para aqueles pontos de linha, arcos como os do céu, que mantêm a saia inteira, do mesmo modo que a realidade é mantida inteira por outros arcos escondidos, arcos que a chuva e o sol por vezes desvendam.
Creio que essa ideia da minha mãe talvez viesse do facto de tocar piano e coser. É que o piano não se toca numa sequência linear, como passam os dias, um a seguir ao outro. O piano não se toca cromaticamente, começando numa ponta e acabando na outra, o piano toca-se premindo teclas afastadas, notas distantes entre si, que se encontram simultaneamente em harmonia, apesar de estarem fisicamente afastadas, sem qualquer contacto direto. Tal como a minha mãe cantava com as outras mulheres as canções da rádio. No piano, as composições são feitas graças ao arco que a mão faz por cima dos acontecimentos, das teclas. Neste caso, a mão do pianista é um arco-íris. De resto, era assim que os vestidos, os casacos, as camisolas e as saias se mantinham coesos, não por o tecido ser um contínuo, mas por arcos invisíveis unirem partes cujo tecido não une diretamente. Assim como nós, em tudo o que fazemos, consumimos a distância: ingredientes que encerram em si milhares de quilómetros, pessoas e olhares do outro lado do mundo; oceanos distantes que nos molham com chuva (as nuvens são mãos de pianista para a água dos mares);

respiramos átomos com milhares de milhões de anos, somos tão absolutamente recentes como absolutamente velhos. Por mais distantes que estejam acontecimentos ou objetos ou seres vivos, estão unidos pelos arcos invisíveis das costuras do Universo.

O mundo do meu pai estava a desaparecer para me deixar ver o arco-íris que a minha mãe apontou quando eu tinha oito ou nove anos.

Nesse dia de epifania, em que vi como o mundo se dobrava em infinitas costuras, foi também o dia triste em que, desde que decidira casar com a Fernanda, verdadeiramente olhei para a minha mãe e vi que sofria, que definhava sozinha, sentada ao ritmo do tiquetaque das agulhas de tricô, isolada do mundo, uma náufraga no meio da nossa sala, agarrada a um cachecol inacabado para não ir ao fundo, e que de vez em quando entoava timidamente uma canção que ouvia na rádio, na tentativa de ainda pertencer a esse coro imenso de mulheres unidas por costuras invisíveis.

Talvez porque finalmente olhei para ela, talvez porque essa fosse a única coisa que ela esperava, um olhar, um olhar, um olhar, a minha mãe largou o cachecol que tricotava e caiu à cama, magra e fraca. Em poucos dias, já não era capaz de se alimentar.

O dr. Vala não me dava nenhuma esperança em relação a uma recuperação. Como é que eu pudera deixar de reparar na rápida erosão do seu corpo? Era certo que a minha mãe tinha uma presença diáfana, de fada, mas agora parecia-me um absurdo inexplicável eu não ter reparado na pele macilenta, na tristeza encovada nos seus olhos. Cheguei a culpar a Fernanda por isso, por não me ter chamado a atenção, mas era tudo tão óbvio que os outros achavam que a minha atitude desprendida e desafetada não era desconhecimento, mas uma estranha maneira de lidar com a dor. Com a alegria, todos riem de maneira semelhante, mas, face ao sofrimento, a atitude é quase sempre uma surpresa.

Depois de um almoço de negócios, sentei-me a seu lado, junto à cama. Ela agarrou-me a mão e com a outra desenhou um arabesco no ar: nós damos muitas voltas, as voltas que quisermos, mas o amor vai sempre em linha reta.

Parecia contradizer o facto de todos os lugares estarem unidos por costuras invisíveis, uma linha reta não admite esses arcos que, numa batota ontológica, fazem coincidir opostos.

— Nós achamos que ele é que anda aos esses, mas somos nós. Ele lá vai como uma estrada a direito e nós é que andamos pelas bermas, por atalhos, por outros caminhos e por vezes voltamos a encontrar aquela estrada, sempre a direito, que é o amor.

Pensei muito nisto e foi a tua mãe que, mais tarde, me forneceu a solução, mas ali, confuso e desfeito pela dor, a estranha serenidade sentenciosa com que a minha mãe falava contrastava com a ideia que se tinha dela, de mulher simples, leve, semitransparente, e, talvez por isso, as suas palavras tenham feito tanta pressão no meu peito, que de repente comecei a chorar. Soluçava violentamente ao seu lado, agarrando-lhe a mão enquanto ela, com a placidez que sempre tivera, fixava o teto com um subtil sorriso no rosto, repetindo, vai a direito, o amor.

Desejava, quando observava a tua mãe, que ela não fosse tão bonita. Inventava-lhe defeitos: o nariz era demasiado pequeno, a pele demasiado lisa, não era suficientemente alta, falava mal a minha língua, era estrangeiro, era distância, mas esses defeitos que eu inventava não se instalavam nela, não a arranhavam, passavam como vento e desapareciam sem qualquer efeito prático, e rapidamente eu retornava ao desejo de que ela não fosse tão bonita.
   Era também uma pessoa feliz. Sim, desde que conheci a tua mãe, sei bem o que isso é. A felicidade é o cenário onde vivemos. Podem acontecer coisas terríveis, mas o fundo, a paisagem, está sempre lá, sorridente. Os acontecimentos tristes, alegres, confusos, intensos, enfadonhos passam, obrigam-nos a ter sentimentos condizentes, a chorar, a rir, mas, lá no fundo, o cenário mantém-se incólume, uma espécie de sorriso imperceptível. Mesmo num mundo absurdamente infeliz, como o nosso, ela floria com uma alegria tímida mas inabalável. Eu seria muito infeliz num

mundo feliz. Ela seria feliz em qualquer mundo. Mesmo naquele, que é o dela, em que a guerra arrasou o seu país, a separou dos pais, a obrigou a fugir, lhe roubou a infância e a juventude, a guerra que na sua arrogância obscena suspende a Humanidade. Mesmo nesse mundo, ela ainda tinha, por debaixo da dor, o tal sorriso quase imperceptível, inquebrantável na sua suavidade.

Um dia, as nossas mãos tocaram-se, as minhas e as da tua mãe, dedos com dedos, nós com nós, unhas com unhas, um pequeno incidente, mas não se separaram imediatamente. A pele é uma coisa que fica para sempre, tocamo-nos e depois ela fica o mesmo lençol para toda a eternidade. A pele que se toca com amor fica ferida para sempre. As nossas mãos ficaram juntas uns segundos, séculos, férias, milénios. Ela estava a limpar o pó, eu estava a colocar um livro na estante. Aquele toque episódico poderia ter sido uma luta terrível e épica contra os meus princípios, que ainda considerava sólidos e inexpugnáveis, mas foi apenas um momento de doce tranquilidade. Senti uma felicidade estranha, como se nunca a tivesse experimentado em nenhuma das suas variantes, como se a felicidade fosse um bicho exótico que nunca tinha visto, um animal mitológico. E, no entanto, esse momento de extremo júbilo que me percorria estava manchado pela doença da minha mãe, deitada num quarto mesmo ao lado da minha felicidade, ao lado da minha mão que tocava na mão da tua mãe, que tocava o lugar mais longínquo da Terra.

A tua mãe passava bastante tempo com a minha, na verdade, mais do que eu e mais do que a minha mulher e mais do que a velhíssima criada da Mealhada. Havia uma empatia entre as duas, um silêncio que as unia. Talvez por vir de tão longe, da Cochinchina, que fica para lá do longe, a tua mãe tivesse gastado toda a sua distância disponível e só lhe restasse a proximidade. Ficava por vezes a observá-las, a reparar nos gestos que pareciam fruto de uma coreografia encenada, de tão harmoniosos e coordenados, a ponto de, por vezes, eu próprio me confundir sobre quem de facto tinha mexido a mão, se a minha mãe, se a tua.
   A Fernanda tomava zelosamente conta da casa e da medicação da minha mãe. Sentava-se no seu quarto, como era costume passarem as tardes, a tricotar ao seu lado, em silêncio, antes de ir à farmácia verificar as contas. Ao sair, ajeitava o lençol que cobria a minha mãe, e esse era o seu mais generoso gesto de carinho.

Num final de tarde, estava a minha mulher na farmácia e a tua mãe a passar a ferro na sala quando passou uma música na rádio, uma daquelas músicas que serve para dar solidez à vida, para a espessar, quando eu voltei a tocar-lhe na mão, dessa vez num gesto deliberado, e ela virou-se lentamente, olhou para mim e começámos a dançar. Eu disse que não queria, que não sabia, que era aleijado, ela respondeu que dançar era ir a direito dando voltas como parafusos, e isso explicava a definição de amor que a minha mãe desenhou com o dedo no ar.

— A direito?
— Sim, dançar é a direito, só andamos às voltas porque não queremos chegar ao finalidade.
— Ao fim.
— Sim, imagine, senhor, chegar ao finalidade, ao fim.
— Seria a morte.
— Sim, damos círculos uns com os outros porque é assim, é vida. Agarre minha mão.

Agarrei-lhe a mão, encoste o seu cara no meu, deixe que o corpo não o leve ao finalidade, e eu encostei a minha cara à dela e corrigi, não é ao finalidade, é ao fim, e ela confirmou, sim, ao fim, devemos andar aos círculos até finalidades, voltei a corrigi-la, até ao fim, sim, disse ela, dançámos.

Fui aproximando os meus lábios dos da tua mãe, fazendo a viagem da orelha dela até a boca, e quando os cantos dos nossos lábios já se tocavam e a respiração se confundia, os corações a bater irregulares como as agulhas de tricô das tardes da minha casa, ela afastou-me com um sorriso tímido. Voltou para a tábua e continuou a passar.

Foi com uma sensação de glória e ao mesmo tempo de derrota que beijei pela primeira vez a tua mãe quando a trazia das compras (o saco com vários tipos de farinha, sultanas, tomates, alcaparras, sésamo e caril). Parei junto a uma rotunda e aproximei os meus lábios dos dela. A tua mãe olhou-me nos olhos, como quem põe o indicador e o polegar sobre as pálpebras, e anunciou: és a primeira pessoa que eu sou apaixonada (frase que anotei no livro de contabilidade).

A ordem não me fazia diferença. Ou melhor, fazia. Eu poderia ser o milésimo, desde que fosse o primeiro, o único. Isso não refletia uma ordem cronológica, mas quantiosa. Eu não queria ser o primeiro, queria ser o mais importante. Não tinha nada que ver com ordem, como, aliás, nunca tem. O amor não obedece a esse cromatismo do tempo, um dia a seguir ao outro, dá saltos como uma gazela do cântico dos cânticos e, por incrível que pareça, vai a direito, como quem dança.

Nesse dia, ao deitar-me, sabia precisamente o que teria de fazer: abandonar a minha mulher, casar-me com a tua mãe. Cumprir o destino dos contos infantis: ser feliz para sempre.

Não seria assim, como bem sabes, mas eu tinha conquistado naquele dia a verdadeira noção de beijo, éramos dois seres de janelas abertas, e o que me ficou marcado a fogo na alma foi exatamente o oposto daquilo que senti quando pela primeira vez beijei a minha mulher.

A tua mãe chamava flores-fogo ao fogo de artifício.

Não foi, com certeza, coincidência que, na noite que se seguiu ao primeiro beijo, os festejos da Santa na vila tivessem feito iluminar a noite com fogo de artifício.

Flores-fogo.

O céu noturno era uma imagem da minha alma. Durante os festejos, enquanto aquele desabrochar de luz enchia o céu de flores e as mulheres e os homens rodopiavam e riam ao som das concertinas, eu não tirava os olhos da tua mãe, que entrevia do outro lado do largo, através dos corpos que bailavam em círculos atirando sussurros aos ouvidos de amantes. Parecia que observava aqueles casais a dançar, mas apenas fixava a tua mãe, pequenos pedaços dela por entre tantos corpos, a visão fugaz de um pouco da manga da sua camisola, um pouco de uma perna, um pouco do cabelo, depois um pouco do rosto, uma das mãos, partes da sua figura que imediatamente deixava de ver com o rodopio dos amantes que se interpunham, indiferentes aos enamoramentos alheios. A minha mulher recolheu-se cedo, estou cansada, querido, eu beijei-a com a indiferença do costume. Aproximei-me da tua mãe e ela disse-me: reconheço-te desde sempre. Mais tarde, no quarto, antes de me deitar, haveria de anotar essa frase no livro de contabilidade: reconheço-te desde sempre.

Não podia dançar com ela porque não seria aceitável na vila, mas fiquei perto, a uma distância respeitável — o meu pai tinha razão, a distância é uma medida moral —, toda a noite, como um soldado, dizendo frases para o lado e olhando em frente. Também olhando em frente, com as mãos entrelaçadas encostadas ao ventre, a tua mãe contou-me várias histórias orientais (talvez eu não as tenha compreendido na totalidade, talvez tenha alterado alguma coisa, porque a tua mãe não falava um português perfeito e porque havia risos e gritos e concertinas e rebentavam flores no céu) e terminou com uma da sua — e da tua — família.

Disse-me que davam chá de jasmim aos cães de fila, deitavam-nos em camas de seda, para ostentar o seu modo de vida, vejam, até os nossos cães vivem num luxo impensável. A tua mãe pertencia à família Hoang de Da Nang, uma das primeiras a comercializar o chá verde de jasmim na Europa e a levar as damas britânicas a bebericar de uma chávena de porcelana uma infusão mais cara do que as joias que tinham nos dedos. A família Hoang de Da Nang foi dizimada por uma sequência de acontecimentos que têm tanto de aberrante e insólito como de trágica delicadeza. A filha mais nova foi devorada por um galgo afegão enlouquecido com Porto e ópio, a irmã do meio morreu depois de comer pérolas em frente dos criados para mostrar que a nobreza não comia porco, pato ou rato, não comia nada que não fosse precioso e que quando se deitava para dormir o seu corpo não tocava os lençóis (como se os criados não os lavassem e não a vissem a encher a boca de porco, pato e rato). O pai acabou envenenado com cinábrio e estibina e chumbo, numa tentativa alquímica de viver para sempre sem ter de se alimentar de orvalho, como faziam os sábios imortais chineses. Encontraram-no morto no seu laboratório, que era mantido por nove criados que faziam todo o trabalho, depois de beber um balão de vitríolo, completamente enlouquecido. A mãe matou-se. Sobrou a irmã do meio, que era a trisavó da tua mãe.

A tua mãe rematou a história, dizendo: que bom é sermos silenciosos.

Também anotei esta frase no livro de contabilidade: que bom é sermos silenciosos.

A minha mãe já não respondia aos estímulos externos. A Fernanda parecia vê-la como uma peça de mobiliário e tricotava à sua frente como se ela fosse a mistura de um toucador com a memória que tinha das tardes a fabricar cachecóis. Eu teria gostado de lhe ter colocado, à minha mãe, o dilema que me fazia sofrer, de lhe ter perguntado o que fazer na situação em que me encontrava. Sentava-me ao lado dela, sem qualquer esperança, simplesmente à espera do momento em que a inevitabilidade substituiria o seu corpo na cama, o instante em que o volume de um cadáver se torna o volume da dor.

Infantilmente, e porque já não havia esperança, imaginava que de repente se dava um milagre e a minha mãe recuperava a lucidez, agarrava na minha mão e corrigia tudo, como fazia ao amar a minha deformidade. Haveria também de corrigir a minha vida, perdoar-me, levantar-me, empurrar-me para a felicidade de viver com a tua mãe, derrotando *phobos* e *deimos*, porque a outra vida, a que eu levava, não valia a pena ser vivida. A minha mãe levantar-se-ia, dar-me-ia o braço para me ajudar a coxear na direção certa, que seria simplesmente sair de casa. Todos os anjos caídos serão levantados. Um mal absoluto pode obter a redenção de um amor absoluto. Se Deus não for capaz disso, qualquer mãe saberá fazê-lo. Os coxos andarão. Todos os coxos correrão pelos prados.

Fui adiando a conversa necessária, do divórcio inexorável, com a minha mulher, porque não a queria magoar. Perante a rigidez da minha educação, tudo aquilo me deixava angustiado, ansioso. Lutava contra uma palavra, ou contra várias, era sempre assim que queria falar. Por vezes, ficava com a língua coxa do combate violento.

— O que é que se passa contigo? — perguntava-me ela.

Nada, respondia, incapaz de lhe confessar que tinha sido infectado, primeiro pela claridade, depois pelo mundo todo. Mas, sobretudo, por um quotidiano que me trespassava com distância, porque o mundo, o meu medo, era impossível de conter nos parâmetros ilusórios que criara na esperança vã de serem eternos.

A tua mãe, por não falar corretamente, tinha a poesia de quem erra, que, por vezes, é a mais bela. Se queria dizer que a comida estava picante, dizia: abre os teus lábios e arde. Era impossível evitar o embaraço de uma frase dessas pronunciada ao jantar. Não creio que a Fernanda tenha sido imune ao impacto dessas frases, ingénuas e embaraçosas, ainda que sem essa intenção. Frases que acabavam imortalizadas no livro de contabilidade.

Fui adiando a decisão de acabar com o casamento, à espera de encontrar o momento certo para lhe anunciar a minha escolha, e depois às famílias, à minha e à dela. Foi por essa altura que a tua mãe entrou no quarto e me disse, em tom solene, que tinha um assunto muito sério para tratar comigo.

Mostrou-me uma barriga perfeitamente lisa, disse que estava grávida. Tenho verdade nos olhos, disse-me a tua mãe (querendo dizer que tinha a certeza — mais uma frase que anotei no livro de contabilidade). Foi desse modo que foste anunciada, sem anjos de trombetas, mas com os gestos lentos da tua mãe, que passava a mão pelo seu ventre, a tua primeira pele. Fiquei feliz, ainda mais convicto daquilo que teria de fazer. Mas fui, mesmo assim, adiando o divórcio, por ser incapaz de falar com a Fernanda. O momento certo para uma revelação daquelas não vinha. Nesse dia sentei-me junto à minha mãe, mesmo sabendo que não obteria qualquer resposta, anunciei-lhe que me tornaria pai e ela seria avó. Agarrei-lhe na mão, levei-a ao rosto e beijei-a emocionado.

Apesar dessa hesitação pantanosa relativamente à separação, estava exultante. À noite, pé ante pé, saí do quarto para ir ter com a tua mãe. Pela primeira vez dormi com ela, não nos limitámos a um encontro amoroso furtivo, enfiados num canto da propriedade, escondidos atrás de um arbusto, numa arrecadação, no celeiro, dentro do carro. De madrugada, já a luz havia despontado, voltei para o meu quarto. A minha mulher dormia profundamente. Só mais tarde me lembrei, ao reviver essa noite, que quando saí do quarto da tua mãe a porta estava encostada, apesar de, tenho a certeza, a ter fechado e me ter certificado disso ao entrar.

Dois dias depois, quando fazíamos amor escondidos na garagem, entre as chaves-inglesas e o óleo dos carros, a tua mãe disse-me que tinha de voltar, que o seu pai estava a morrer. Mas como?, perguntei, voltar para aquele país devastado! E ela disse que não havia outra possibilidade além de regressar. Vou até meu primeiro dia, salvar meu primeiro dia, estar ao lado desse dia quando ele morrer. Enfim, mais uma frase que não queria esquecer e que também anotei no livro de contabilidade, a definição de país como primeiros dias, como o início de tudo, do nosso Universo.

Compreendi a necessidade de ela voltar para a Cochinchina. Haveria de ir ter com ela, pensava eu, sem saber que o pai não era o verdadeiro motivo pelo qual voltava para a Ásia. Quando acordei, no dia seguinte à partida da tua mãe, senti que me faltava o interior, que me haviam roubado as entranhas, como se eu fosse apenas um fato de pele, uma espécie de cenário.

Três dias depois, percebi outro fenómeno, muito mais

triste. Apesar de ter prometido que iria ter convosco, na verdade, comecei a sentir uma espécie de alívio. A pressão de comunicar a separação inevitável podia ser adiada para uma altura melhor. Ainda pensava em seguir-vos, claro, tinha a certeza de que o faria, mas a distância física foi criando uma outra distância, muito pior, e durante o dia pensava cada vez menos em vocês, a claridade dos olhos da tua mãe foi-se esbatendo dentro de mim. Voltei a comer somente coisas do meu mundo, cozinhadas por uma nova criada da terra que substituiu a tua mãe na cozinha, foi tudo encolhendo, ficando mais apertado e penumbroso. Uma semana depois, apenas uma semana depois — que vergonha, diminuir assim o amor —, percebi que tinha começado um trabalho eterno, o de esquecer a tua mãe. Um bocadinho a cada dia.

Para complicar, a minha mãe, moribunda, acamada, impossibilitava ou dificultava que eu me ausentasse, nem por uns dias, quanto mais para o outro lado do mundo, sem sequer saber quando regressaria. Deixar a minha mulher era em si um ato difícil, mas sê-lo-ia muito mais deixar a minha mãe morrer sem que eu estivesse presente, a segurar os seus últimos momentos de luz com os meus olhos. Também eu tinha os meus primeiros dias para salvar, para acarinhar.

O corpo da minha mãe desfazia-se, abria-se em feridas, devido ao tempo que levava acamada. Era a Fernanda que, negando auxílio externo, tratava dela. Era mais um motivo para que me fosse penosa a separação. Talvez isto seja tudo uma parca desculpa para a minha poltronaria, mas, em meu abono, considero que tinha alguma razão.

Meses mais tarde, chegou um momento-chave, em que decidi que iria ter convosco, que não passaria daquele dia (ou talvez do dia seguinte): anunciaria a minha intenção de abandonar a minha mulher, a minha mãe (a frase do Evangelho, "os mortos que enterrem os mortos", ecoava na minha cabeça), e partiria de imediato. O que fez renascer essa vontade e determinação foi a carta que recebera.

Tinhas nascido.

Tinhas dado o primeiro passo para fora, tinhas finalmente experimentado a luz e o vento e o tato, era o começo de uma viagem, a mais difícil de todas, deixando para trás o conforto da escuridão morna do útero, das águas do início, quando dias e noites ainda não existiam, tinhas largado a tua primeira casa para experimentar os *phobos* inevitáveis do estrangeiro, a parte de fora das paredes do ventre.

Dentro do envelope havia uma fotografia tua com o teu nome completo, umas palavras ansiosas da tua mãe, uma pergunta:

"Quando chegas?" Coxeei, determinado, para o meu quarto e fiz uma mala o mais rapidamente que pude, pus lá dentro algumas roupas, não levaria muita coisa, depois se veria. Dirigi-me de seguida para o quarto da minha mãe, com a felicidade de me ter tornado pai. Levava na mão a carta que te anunciava. A minha mãe haveria de entender, ela era capaz de entender tudo. Partiria em breve. Fiz os possíveis para me acalmar, puxei o banco para junto da cama. A minha mãe de olhos fechados, peguei-lhe na mão. Estava fria. Tentei acordá-la, dizer-lhe que já era avó. Ela, no seu silêncio de pedra, entenderia. Eu partiria.

Mas fora ela quem partira.

Repeti tantas vezes, eu adoro a minha mãe, eu adoro a minha mãe, eu adoro a minha mãe, mas Deus ou o destino ou o Universo não querem saber da agonia dos filhos, e quando repetimos o nosso amor e o atiramos ao céu somos apenas como mendigos que puxam a fralda da camisa de turistas burgueses que os ignoram enquanto tiram fotografias a cúpulas de igrejas e a frescos renascentistas. Eu adoro a minha mãe, eu adoro a minha mãe, e havia um silêncio absoluto no quarto, eu adoro a minha mãe, mais silêncio, eu dizia essas palavras para dentro, como se o facto de me encher com elas me alimentasse e fosse ocupar o vazio que a sua ausência deixaria. Evidentemente, não há palavras, por mais que sejam repetidas, capazes de tapar buracos.

Os meus olhos escorriam lágrimas e eu perguntava-me como seria a minha vida sem ela, como seria o céu sem ela, como seria a noite sem ela, como seria o sabor da comida sem ela, a que cheiraria um jasmim sem ela, os meus olhos escorriam lágrimas e eu repetia eu adoro a minha mãe, eu adoro a minha mãe, eu adoro a minha mãe.

Quando levantei a cabeça, estava junto a mim, com as mãos nas minhas costas, a minha mulher. E a criada velhíssima.

Dormi dois dias seguidos, após o enterro. Nem reparei que a mala que fizera não estava onde a tinha deixado. Estava arrumada no armário e as roupas que tinha posto dentro dela tinham voltado aos respectivos cabides e às gavetas.

Passaram-se semanas, a morte sobrepusera-se à vida, ganhara espaço, a morte da mãe foi apagando lentamente a felicidade de teres nascido.

Mas ainda pretendia separar-me e partir, por isso, e, para não adiar mais, decidi — de novo — que não deixaria passar mais um dia. Contudo, na semana seguinte, tive de me ausentar em trabalho e a tal conversa com a minha mulher voltou a ser adiada. Uma semana depois, a beber chá ao final da tarde, pronto a anunciar a decisão irrevogável que tomara, a minha mulher disse-me que estava grávida. Fiquei baralhado, mas, não escondo, feliz. Tinha-se instalado um grande dilema: magoar uma ou magoar outra, o que deveria escolher? E as nossas famílias? E tu? E a gravidez da minha mulher? E os meus princípios? Não havia maneira nenhuma de sair moralmente ileso daquela situação. E, mais uma vez, a conversa foi adiada, precisava de meditar sobre tudo o que me acontecia, interior e exteriormente.

Dois ou três meses depois, ainda pensava seguir-vos,

mas já não era um desejo, fora algo que me impusera como meta, uma missão que era agora apenas um ruído de fundo dentro de mim. Cada vez escrevia menos à tua mãe.

    Procurei o Dois Metros para desabafar, apesar de estar profundamente magoado com ele, já nem me lembro do motivo, de tantas que foram as nossas zangas. Recebeu-me com frieza, um olá dito entredentes. Quando lhe disse que ia ser pai, encolheu os ombros. Eu já não aguentava mais, podia ter um pé deformado, mas tinha braços saudáveis, tentei um gancho de direita que ele facilmente impediu. Desatou a rir. Saí, ofendido, com a certeza de que acabáramos de ter a nossa derradeira contenda.

    O som do outono ouve-se com os sapatos. Quando as solas partem as folhas secas das árvores.

    Cada vez que o outono se partia debaixo dos meus pés, pensava na tua mãe, em como tudo acaba, como o amor se parte como folhas secas.

A minha mulher abortou e viu-se na impossibilidade de ter filhos. O desejo de fazer as malas e partir voltou, mas a tristeza que encontrava nos seus olhos impedia-me de o fazer, não podia ser tão cruel, precisamente na altura em que ela mais precisava de mim. Voltei a adiar a minha missão outonal. A minha mulher tinha uma voz tão triste, que tudo o que dizia parecia belo. É que a beleza é assim, é triste, tem voz triste.

Nos momentos mais difíceis, deitava-me no chão a olhar para o teto. Imaginava muitas coisas, queria saber muitas coisas: se sorrias durante o sono ou se dormias como uma concha ou com os braços abertos. Levava muitas vezes o meu pensamento ao teu quarto e deitava-me no chão, aos pés da tua cama, como um cão, e ficava ali só a ouvir-te respirar.

Quando discutia com a minha mulher, pensava: amanhã faço as malas.

Mas depois voltava a adiar.

E os anos passaram.
Não pararam de passar.
Os anos são eficazes a passar.

Fui definhando sem que me inteirasse disso. Aos poucos, a minha pele ficou mais dura, a alma mais dura, o espelho devolvia-me uma figura que cada vez se parecia mais com a do meu pai, era tão simples quanto isso, apesar de já não ser capaz de barbarificar o mundo (até porque eu estava desfeito: uma parte de mim habitava na Cochinchina, nesse lugar que fica depois da definição de longe, outra, junto a uma lareira ou atrás de papéis). Já tinha começado a construir a mesma solidão que enclausurara o meu pai, desejando o silêncio e o enfado próprio da vida sem sobressaltos. A velhíssima criada parecia ter cometido o erro mitológico do filho de Laomedonte, que pediu a imortalidade a Zeus, esquecendo-se de pedir também a juventude eterna, e foi envelhecendo, envelhecendo, envelhecendo. Thanatos esquecera-se da minha criada, e ela, que se mexia como um camaleão, aos soluços, como se tropeçasse em si própria, ainda impunha a sua ordem na casa, chegando a sobreviver à minha mulher, que morreu prematuramente de um choque anafilático provocado pelas picadas de um enxame de abelhas. Encontraram-na inchada e vermelha no meio das vides. A criada velhíssima aproximou-se de mim, estava eu atrás dos papéis a fazer as minhas contas, quando ela, com uma voz que parecia ter sido acabada de desenterrar, me anunciou o sucedido, com o rosto impassível, não sei se por insensibilidade ou por dificuldade em mover os músculos da cara. Quando a vi aproximar, fiz um gesto para a afastar, não queria ser incomodado. Havia anos que não queria ser incomodado. Ela aproximou-se, ainda assim, e disse, com a lentidão exasperante da solenidade, a patroa está morta. Não percebi à primeira e ela repetiu, a patroa está morta. Não reagi de imediato. A criada ficou em pé, ao meu lado, enquanto eu acabava as minhas contas.

Depois da morte da minha mulher, não me senti mais só, porque a minha solidão era daquela espécie de solidão que não se sente. É como água para os peixes, respiramo--la. Nem sequer pensei em procurar-vos. Continuei a viver exatamente como tinha vivido nos últimos anos, atrás da secretária ou à frente da lareira ou a garantir a estabilidade da propriedade e da sua produção, enfim, a cumprir zelosamente a tarefa de me manter vivo, respirar, comer, dormir, intervalar com a indulgência de beber uma aguardente, fumar cachimbo, para voltar ao exercício de respirar, comer, fazer contas, dormir, esperar, manter tudo igual, garantir que o dia de ontem é igual ao dia de amanhã até que a morte me separe da rotina e me leve para um paraíso em tudo semelhante à vida na Terra, mas ligeiramente melhor, sem a desagradável maçada de ter de respirar, de ter de comer, de ter de dormir, um paraíso de descanso absoluto, pela eternidade afora.

Não me dera conta de que tudo desaparecera da minha

vida, a minha mãe, a tua mãe, o meu pai, o meu melhor amigo, a minha mulher. Não me dera conta de que não fora somente o meu passado a desaparecer, tinha feito a mesma prestidigitação com o futuro: nessa atividade fastidiosa que é viver a vida plana (e não plena), também tu tinhas desaparecido.

Mas, ao contrário do que o meu pai dizia, as coisas nunca são tão simples quanto isso. Aliás, se há uma boa regra a ter em consideração, uma regra tão simples quanto isto, é a seguinte: nada é tão simples quanto isso.

No meio da placidez inviolável do meu mundo, não me dava conta de que algo se movimentava dentro de mim, como uma doença invisível ao diagnóstico, como uma raiz, como uma conspiração que ia conquistando o meu corpo até que haveria de irromper, brotar da aridez impenetrável da vida enferrujada.

Um dia, sem qualquer razão aparente, a meio de uma reunião de negócios, levantei-me da cadeira — na verdade, levantava-me dos mortos (os anjos caídos serão levantados) — e saí da sala sem qualquer justificação. Era novembro. Seria a minha terceira missão outonal.

E parti, finalmente, à vossa procura.

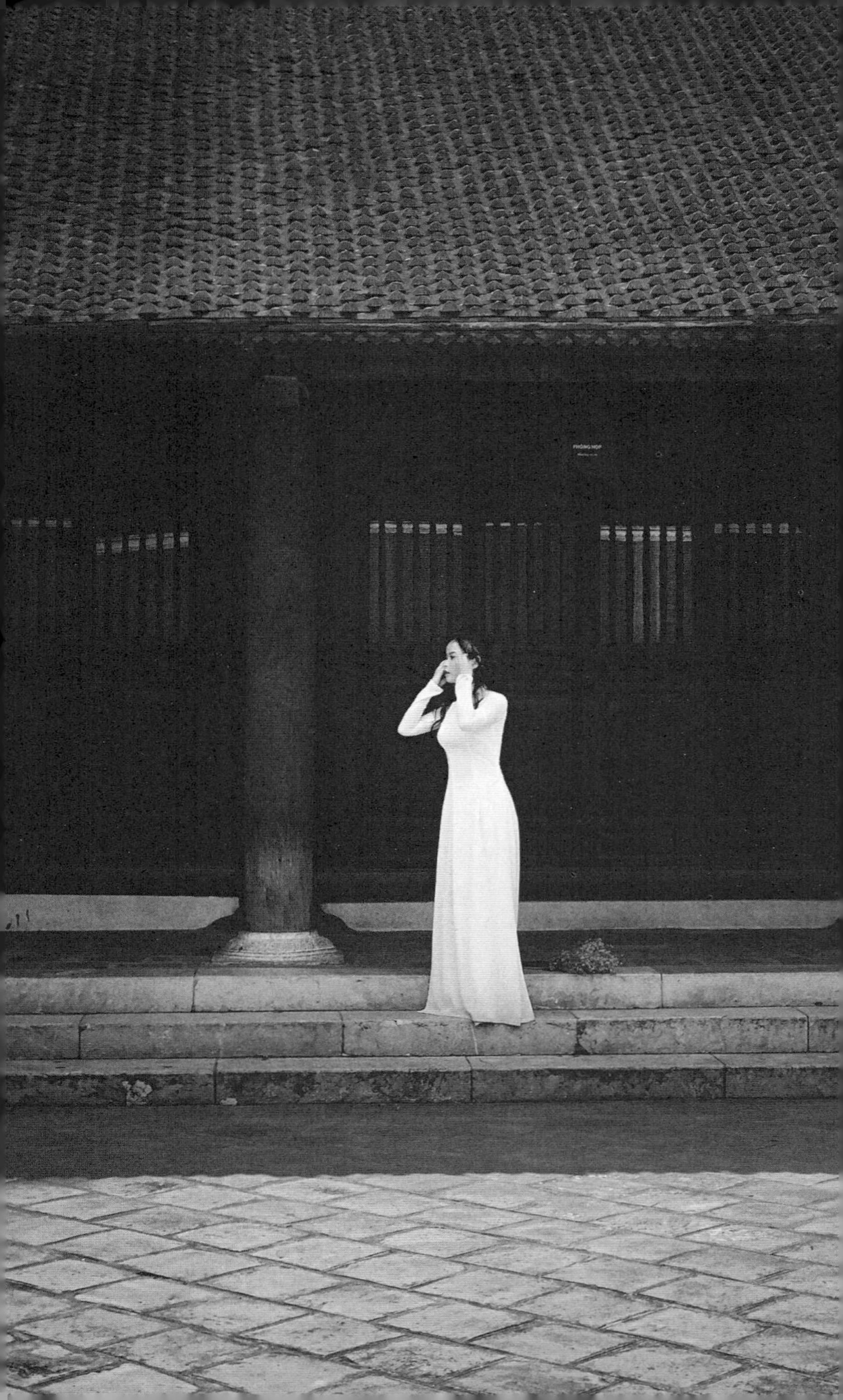

A grandiosa frase de abertura do grande livro — não o seu mais importante, mas talvez o segundo mais importante — é (sim, podemos dizê-lo em coro): "Todas as famílias felizes se parecem; todas as infelizes são infelizes à sua maneira". As traduções variam, mas não de forma considerável. As pessoas citam essa frase tantas vezes que isso deve significar que ela as satisfaz; mas a mim não, nunca me satisfez. E, há vinte e tal anos, comecei a assumir essa insatisfação. Essas famílias felizes — de que ele tão confiantemente fala, apenas para as descartar como sendo todas iguais —, onde estão elas?

Ursula K. Le Guin, *The Wave in the Mind: Talks and Essays on the Writer, the Reader, and the Imagination*

A tua mãe tinha saído do Vietname no princípio da década de 70. Talvez ela te tenha contado a história da sua juventude. A infância dela foi destruída por ataques aéreos. Napalm. A tua mãe bebia chá quando teve de sair de casa, a pele a queimar, correr para salvar a vida. Há uma fotografia famosa. Não sei se a tua mãe está nela, mas é possível, talvez não esteja nessa, mas numa muito parecida. É irrelevante, as desgraças são sempre parecidas. Ou talvez sejam todas diferentes e sejam as alegrias que se parecem, como objetos industriais. Tolstói acreditava que sim. O que me magoa, na frase que abre o romance *Anna Karenina* — ("Todas as famílias felizes se parecem, todas as infelizes são infelizes à sua maneira", que é uma derivação de uma outra, de Aristóteles, relativamente à bondade: "As pessoas são boas de uma maneira e más de inúmeras", e que por sua vez é apenas a formulação moral da perfeição platónica: "a Ideia, a perfeição, é uma, as imperfeições, as suas sombras, são infinitas") — é que, apesar de este princípio se poder aplicar em muitos outros casos, quando se aplica à felicidade parece falhar.

É certo que: Existem infinitos lugares para estar errado, apenas um para estar certo, dois e dois tem um resultado correto e infinitos resultados errados. É assim que funciona a entropia e os copos inteiros/partidos. Existem inúmeras configurações para os cacos de vidros partidos, mas apenas uma para ter o copo original. Todos os quadrados perfeitos, se nos abstrairmos das suas dimensões, são iguais. São as mazelas, as imperfeições, que fazem "quadrados" diferentes, imperfeitos.

Porém, a felicidade não obedece a essas regras. Estar no lugar errado pode ser fonte de felicidade. Matar-me pode ser fonte de felicidade. Não há condições certas para ser feliz. Existem condições propícias para se estar contente, ou momentaneamente feliz, mas não para ser feliz. Todas as disposições dos cacos de vidro podem ser modelos de felicidade. Disposições imperfeitas, cada uma à sua maneira, mas felizes, cada uma à sua maneira.

Não existe felicidade na igualdade e na monotonia. As famílias felizes terão de ser imperfeitas (ou seja, diferentes umas das outras), é impossível ser feliz sem dor, como diz a música, pergunte ao seu orixá, o amor só é bom se doer. A felicidade é um estado especial que só pode existir se incluir no seu seio uma certa dose de infelicidade, por muito paradoxal que possa parecer. Sem desequilíbrio, nada se move. Um círculo está em constante desequilíbrio. É bom para fazer andar os carros. Os quadrados não têm essa possibilidade. Já estão bem assim, sentados à lareira, a sublinhar a sua hombridade, a sua estrutura sólida. Não são felizes, são produtos industriais saídos de uma máquina de fazer quadrados. A vida é um desequilíbrio e, sem essa instabilidade e assimetria, teríamos apenas um vazio de pedra. A vida que o meu pai desejava. Mas a vida que vale a pena ser vivida precisa do desequilíbrio. De viajar. De abrir janelas.

Os seres vivos são desequilibristas, escrevi eu no meu livro de contabilidade, seguido de:

Ânimo (thymos) *é o pano de fundo que resulta na vida feliz ou infeliz, independentemente dos acontecimentos. Se o ânimo se mantiver positivo* (euthymia), *acima de zero, a vida é boa. Se for negativo, ou seja, desânimo* (dysthymia), *a vida é infeliz mesmo na ocorrência de acontecimentos felizes: eu seria infeliz num universo feliz, ela seria feliz em qualquer mundo.*

No dia dos bombardeamentos, a tua mãe partiu com os pais, os teus avós maternos.

Num acampamento para refugiados, acordou pela manhã e teve a maior surpresa e o maior medo que jamais sentira, incomparável com o medo das bombas, um dos maiores e mais difíceis desequilíbrios a que a vida nos submete.

Quando acordou, naquele acampamento, os pais não estavam com ela. A tua mãe tinha sido abandonada, mas repara na antinomia necessária: tinha sido abandonada por amor, porque era a única maneira de a salvar. Sem pais, seria levada para o estrangeiro, onde poderia começar uma vida mais auspiciosa, onde poderia acordar sem bombas a explodir na rua. A solidão e a sensação de abandono fazem explodir partes de nós, aquelas partes específicas que sobraram do napalm.

Como será acordar sem pais aos dezasseis anos?

Como é que a tua mãe manteve aquele ânimo sofrendo revezes como este?

Os pais dela partiram então para o Camboja, na esperança de refazer a vida e resgatá-la do exílio — acreditavam eles — provisório.

Aterrei em Ho Chi Minh e procurei um hotel. Os *phobos* dessa viagem eram incontáveis, não pela distância ou pelo tempo, mas pela história que isso implicava. Fiz uma pequena viagem até a costa, antes de procurar a casa de onde a tua mãe me enviou a maior parte das cartas depois da sua partida.

Na praia, fiquei horas sentado na areia a observar um grupo de mulheres a entrar na água, a sair da água, num exercício de voyeur discreto (segurava num jornal e fingia ler), limitado pela fraca acuidade da visão. Nem todos somos Botticelli, mas alguns conseguem encontrar beleza nos mesmos temas, em vénus banhistas. Não gosto de nadar. Se entro na água, é para chegar o mais depressa possível a algum lado. Horroriza-me a ideia de o ato de nadar poder ser um prazer. No entanto, observar aquelas mulheres a sublinharem a beleza do mar, a justificarem a sua beleza, comovia-me. Não penses que havia luxúria envolvida. O meu olhar era o mesmo olhar admirado com que um apreciador de arte olha para os nenúfares de Monet. E, de alguma maneira, todas aquelas mulheres me pareciam variantes da tua mãe, derivações e possibilidades que o Bom Deus criou e, sabendo não ser perfeitas, fez, porém, amáveis e graciosas, sublinhando a versão arquetípica.

O olhar interfere no mundo, é cocriador. Nada do que vemos emerge das águas da mesma forma. Não quero trazer à colação aquela bruxaria dos físicos, que dizem que um fotão se porta como partícula porque o cientista voyeur olha para ele, mas é um pouco isto: em nome da verdade, olhamos e as coisas olhadas tornam-se coisas tocadas, assombradas de luz. Tal como uma onda colapsa e revela a partícula, também aquelas ondas colapsavam para revelar mulheres de longos cabelos negros a emergir à superfície, a devolver-nos realidade depois de terem sido sonhadas debaixo de água.

Para mim, que sou aleijado, a beleza conserta-me. Ainda que apenas durante uns breves segundos, mas, quando nos toca, quando a beleza com os tais dedos de luz nos toca, deixamos de ser defeituosos para passarmos a ser pessoas que carregam beleza. São Cristóvão carregou Jesus, é o santo dos viajantes. É o trabalho da viagem carregar a beleza, levá-la de uma margem do rio à outra, do longe ao perto. Fui aprendendo a ser esse tipo de estivador, até porque me restou muito pouco da vida para além desses momentos de redenção e assombro face à beleza que, tal como a minha mãe me via perfeito e o seu olhar desfazia a deformidade, desfaz a deformidade.

De volta à capital, a Ho Chi Minh, procurei então a casa de onde a tua mãe me enviava a correspondência. As ruas estavam cheias do barulho das motorizadas, são milhões a circular pelo país, e dos gongos tradicionais que chamam as crianças para a escola. O cheiro do café embrulhava tudo, um café amargo e forte que costuma ser domesticado com leite condensado.

    Encontrei a casa sem dificuldade maior. O prédio, tipicamente vietnamita, passara a ser um restaurante. Comi muito bem, bastantes vegetais, com uma presença forte de coentros, erva-príncipe, hortelã. Pedi um café e acendi o cachimbo. Fiz perguntas sobre os anteriores inquilinos. Confirmaram-me que a tua mãe vivera ali. Uma vez que os teus avós tinham fugido para o Camboja, não sei por que motivo a tua mãe foi viver nessa casa, em vez de os ter procurado imediatamente no país vizinho. Talvez porque estava grávida e preferia uma geografia onde falava a língua e, de alguma maneira, se sentia em casa. Perguntei se sabiam para onde a tua mãe partira, e o dono do restaurante, depois de várias idas e vindas, algumas trocas de palavras com familiares, acabou por anotar num papel uma morada em Phnom Penh, capital do Camboja.

Depois de ter ficado mais dois dias em Ho Chi Minh, decidi subir o rio Mekong até Phnom Penh. Contratei uma guia.

— Pode chamar-me Sun — começou por dizer quando a conheci —, que o meu nome vietnamita é difícil de pronunciar. Significa raio de sol (*"My name means sunlight. Ya. Don' call me electric light. Ya. Thank you so much, Mister. Mister. Ya. Inside our car I can change the temperature. Ya, ya. Outside I can't. I'm sunlight, not air conditioner. Thank you so much. The travel guide is me. Ya. I don't speak portuguese. What a pity. Thank you so much. Ya. English is not my first language. Ya. Thank you so much."*)

A cada *"ya"* que dizia, fazia um aceno com a cabeça.

Fomos de autocarro até o cais, onde apanhámos um barco para subir o rio.

A Sun não parava de falar. As piadas não eram grande coisa, mas o modo como as dizia fazia-me rir:

— A sua tia é tão sem classe que podia ser uma utopia marxista. *Ya*. Estava só a brincar. *Thank you so much*.

Durante o trajeto, parámos para ver a casa do amante de Duras, onde tomámos chá.

O amante de Duras não sabia que era famoso.

Dizem que os maridos são os últimos a saber. Neste caso, foi o amante.

— *Mister. Mister*, aqui as pessoas são corretas com os pais. *Ya*. O maior crime, crime número um, é ser mau para os pais. Crime número dois, posse de drogas. *Ya. Mister. Mister*, não ande com drogas. *Thank you so much*.

A cada paragem, a Sun dizia uma piada qualquer:

— Não se esqueça, *Mister. Mister*, de levar a carteira consigo. *Ya. Thank you so much*. Se a deixar aqui, eu roubo o dinheiro. *Thank you so much*. Estava só a brincar. *Ya*.

Já em Phnom Penh, encontrei a casa para onde a tua mãe teria ido, um edifício tradicional, como tantos naquela rua, com quatro pisos, o de baixo era garagem ou loja, ao fundo a cozinha, por cima a sala, depois no terceiro os quartos e no quarto o templo. Quis aproximar-me, mas tive medo, as pernas tremiam-me, a cidade toda tremia. A Sun encorajou-me: Vá, não tenha medo. *Ya.*

Atendeu-me uma senhora chamada Tat, mais ou menos da minha idade. Tinha o cabelo pintado com hena, um cheiro acre misturado com cardamomo, os olhos pintados com *kohl*, desfocados pelo tempo. Era muito baixa e eu via-lhe o topo da cabeça. Havia pequenos mosquitos a voar por cima do cabelo, extasiados com o cheiro da hena. De dentro de casa chegava o som do rádio, publicidade, cítara, publicidade outra vez.

Convidou-nos para entrar, depois de lhe ter perguntado pela tua mãe e por ti. A Sun sentou-se no chão e serviu-se de um chá com a naturalidade de quem é dona da casa. Eu optei por uma cadeira, que o meu pé detesta o chão.

A sra. Tat começou por contar a história do início. Não é tão simples quanto isso, começou por dizer (uma frase que contrariava diretamente o meu pai. Gostei dela a partir desse instante). Contou então que os Hoang, os teus avós, conseguiram, graças a uns bons conhecimentos, que levassem a filha para a Europa e tentaram salvar-se emigrando, mas escolheram mal, fugiram de um urso para encontrar um leão. O Camboja para onde se mudaram era uma terra prestes a conhecer uma das maiores tragédias da sua História: Pol Pot dizimou um quarto da população, dois ou três milhões de vítimas em quatro anos.

— Quer chá?
— Não, obrigado.
— A situação era desesperante e não sabiam o que fazer. Estavam a sofrer por terem abandonado a filha, mas que fazer num caso daqueles? Que fazer?, diga-me! Passar a fronteira para o Camboja para fugir da guerra parecia uma opção razoável, eu faria a mesma coisa, sim, tenho a certeza de que faria a mesma coisa, fugir, sim, fugir, era isso que eu faria, o mundo era horror atrás de horror, era infinitamente feio.
— De certeza que não quer chá? De jasmim?
— Não, obrigado.
— Depois, os Khmer — prosseguiu a sra. Tat — entraram na cidade. Mandaram as pessoas sair das suas casas, assim mesmo, sair das casas, famílias inteiras, crianças de colo, e mataram quem se recusou, sem piedade, entraram nas casas e dispararam, quem estava na rua ouvia os gritos e estremecia. Levaram toda a gente para o campo. Se alguém dizia que, camarada, não sei semear arroz, era levado para

o mato para que fosse ensinado. Expliquem-lhe como se semeia arroz. Davam-lhe um tiro. Tiravam-lhe a camisa. Levavam a camisa e mostravam aos outros. Alguém quer uma camisa? Um incauto dizia que sim, que uma camisa lhe poderia fazer falta. Matavam-no. Porco capitalista, que quer mais uma camisa. Sim, fomos todos para os campos, fomos todos ser iguais, foi lá que os conheci.

— E a filha deles?
— Acontecem milagres no Camboja. Talvez prefira café!
— Estou bem, obrigado.

A Sun comentou:
— Sim, o Camboja é um país de milagres. *Ya*. O povo recebe menos de três dólares por dia e consegue sobreviver. Outros recebem cento e trinta dólares por mês ou o ordenado mínimo e andam de BMW. *Thank you so much.* É um país de milagres. Toda a gente faz milagres com o dinheiro. *Ya*.

Ela ignorou o que a Sun disse, confirmando apenas que o Camboja era um país de milagres, mas não naquele caso.

— O avô de Nhài, o sr. Hoang, estava muito debilitado e morreu naquele campo. A sra. Hoang foi enviada para outro campo e nunca mais a vi. O senhor não imagina o horror, aqueles tempos, foi tudo tão difícil. Até as nossas mãos eram vigiadas, a nossa pele. Se tinham calos, indicavam um trabalhador braçal, se não tinham, indicavam um intelectual. Os portadores de mãos sem calos levavam tiros.

E assim se matou um quarto da população em poucos anos, a morte era um novelo sem ponta. As famílias levadas para o campo tinham de construir a própria casa e tingir as roupas para ficarem todos iguais, achatar o mundo, retirar os altos e baixos com a sola das botas.

— Doeu-nos muito, aos que sobreviveram.

Há quem pense que as coisas artesanais são melhores do que as industriais. Talvez. Depende dos casos. As execuções no Camboja eram artesanais. Tudo feito à mão. Os crânios eram esmagados com o que havia, paus, pedras, e as crianças eram atiradas de varandas. Com essa produção de morte artesanal, poupavam-se munições, gás, explosivos, cordas, venenos. Outros regimes construíram fábricas de morte, o processo era industrial, mas no Camboja era tudo feito à mão. Era uma espécie de artesanato. Não se gazearam dezenas de pessoas ao mesmo tempo. Foram asfixiadas, uma de cada vez.

— Não podia haver cores diferentes — disse a sra. Tat. — Era tudo cinzento. Impunha-se destruir a vaidade capitalista. Tudo cinzento.

Son Sen, responsável pela polícia secreta, mandava matar pessoas que usavam óculos porque eram intelectuais. Ele, Son Sen, usava óculos.

Sim. É um dos grandes argumentos contra a plausibilidade de a experiência gerar empatia. Calçar os sapatos do outro pode ser apenas uma maneira de lhe dar um pontapé.

— Era tudo muito difícil. Pais abandonaram filhos porque acharam que era a única maneira de eles sobreviverem. Quantos filhos se esqueceram dos pais? Nunca voltaram a encontrar-se porque tinham menos de cinco anos quando foram separados.

Chegamos à conclusão de que as pessoas são más e de que nada vale a pena. Ou talvez cheguemos à conclusão de que tudo vale a pena. Eu acho que as pessoas não são más nem boas, são como tudo o resto. As pessoas são como o vento, como a chuva, como o mar. Por vezes, o mar põe-nos um peixe no prato, outras, entra pela terra adentro e mata aos milhares. O sol queima e faz crescer, o vento derruba e poliniza, a terra dá arroz e engole cidades, o fogo cozinha alimentos e faz arder as almas. As pessoas são assim, por vezes abraçam, por vezes matam.

— Sim, não há mistério nenhum nisto. Mas poderá ainda estar viva?

— Quem?

— A sra. Hoang.

— Ela, antes de partir para o outro campo, disse-me onde vivia, que é esta casa onde estamos. Quando o exército vietnamita entrou em Phnom Penh, quando pudemos finalmente voltar às cidades, eu, deixe-me limpar os olhos, instalei-me aqui, esperei por ela e fui cuidando da casa. Nunca voltou. Sabe o que isso quer dizer?

— Morreu?

— Sim.

Voltou a limpar os olhos antes de acrescentar:

— Mas acontecem milagres.

— Gosto muito de passear — disse a sra. Tat, retomando o fio da história —, caminho de templo em templo, faço as minhas oferendas, espero que os deuses sejam benevolentes. Adormeço tranquilamente, não devo ter cometido demasiadas injustiças noutras vidas, a avaliar por esta. Um dia, quando ia entrar em casa depois de um passeio, a filha do casal Hoang apareceu aqui. Trazia um bebé nos braços, uma menina chamada Nhài.

— Quer dizer jasmim — disse a Sun.

— Não imagina como é ingrato ser arauto de notícias tão terríveis. Ao saber da morte dos pais, chorou durante vários dias. Contou-me a sua história, o que não ajudava ao drama. Uma mãe solteira neste país não é coisa boa. Ficámos amigas. Gostava dela, era silenciosa mas parecia que nos conhecia profundamente. Fazia sempre os gestos certos. Sim, era isso, era como se nada nunca estivesse errado nela. Cozinhava maravilhosamente. Partilhámos a casa durante uns meses, eu, ela e a filha. Pobre mulher. Que destino triste.

— Triste? Que lhe aconteceu?

Levantou-se.

— Preciso de me mexer por causa da circulação.

Subiu as escadas e deixou-nos, a mim e à Sun, ali sentados. Levantei-me e fui atrás dela, a coxear. Não aguentava aquela interrupção na história. Fui encontrá-la no último andar a fazer alongamentos. Indiferente à minha presença, pôs incenso a queimar. Sem se voltar, disse:

— Ficámos amigas.

— Já tinha dito.

— Deixou uma carta para si.

Levantou-se e descemos as escadas até a sala. Abriu uma gaveta e tirou uma carta. Abri-a, bastante nervoso. Procurei os óculos na mala de couro que levava e comecei a ler. Respirava com dificuldade.

O teor daquela carta era mais sério do que o das outras, o tom era de despedida. Explicava por que motivo havia voltado para o Vietname, o verdadeiro motivo do seu regresso. Ao contrário do que eu pensava e do que me dissera,
    — Voltarei para os meus primeiros dias.
não tinha voltado ao seu país por saber que o pai estava moribundo — por ironia, o pai estava realmente a morrer, acabando por falecer antes da chegada dela, nos campos do Camboja —, mas sim por outro motivo: regressar à Ásia fora uma chantagem da minha mulher, da Fernanda. Lembro-me de, quando pela primeira vez dormimos na mesma cama, a tua mãe e eu, na noite em que soube da gravidez, eu ter reparado, ao sair de madrugada, que a porta do quarto estava apenas encostada, quando eu tinha a certeza de me ter certificado de que a fechara. Julgo agora que a minha mulher a terá entreaberto e nos terá visto deitados na mesma cama. Não sei quais as ameaças proferidas, porque a tua mãe não as especificou na carta, mas é fácil, com

duas ou três palavras-chave, fazer um refugiado voltar a ter medo. Contava também na carta como soubera através de vizinhos vietnamitas da morada da casa onde estávamos naquele momento, que fora a casa dos pais quando chegaram ao Camboja, a Phnom Penh. Escrevia ainda que decidira partir para Oeste, pois contava procurar a sua mãe, tentar saber, com mais certeza, se havia efetivamente morrido ou se, por milagre, sobrevivera. Enquanto existisse essa possibilidade, não descansaria.

No final falava um pouco de ti, do teu primeiro sorriso, do país (das praias completas de oceano), e ainda me descrevia com precisão, dizendo que tinha um pé indeciso e outro bom. Não poderia o meu caráter ter sido resumido mais eloquentemente. Sou de facto um pé que caminha sem medo e outro que espera. Um pé que dá passos e outro que reflete. Um pé que é Epimeteu, outro que é Prometeu.

— Por que é que ela não me enviou a carta?

— Julgo que se esqueceu — disse a sra. Tat. — Ou talvez tenha caído da mala quando pegava em Nhài ao colo. Ou talvez se tenha arrependido. Não faço ideia.

— Partiram as duas?

— Sim, ela jamais se separaria da filha. Depois de tudo o que passara, da sua própria experiência.

— Bom, e depois?

— Depois?

— Ela encontrou a mãe? Estava viva?

— Não sei.

— Como não sabe?

— Elas nunca regressaram. Nunca mais voltei a vê-las.

— A senhora podia ter-me enviado a carta.

— Ela não preencheu o sobrescrito.

Cobriu o rosto com as mãos e chorou.

A Sun perguntou-me se eu não queria visitar Angkor Vat.
— Para ver se sai dessa depressão. *Ya.*
Respondi-lhe que não com alguma aspereza. Lembrei-me de uma frase da tua mãe, mais uma que anotara no livro de contabilidade e que ela usava precisamente nos momentos em que eu deixava transparecer impaciência, ira ou fastio:
Meu amor, não sejas imperfeito.
— Talvez, *Mister. Mister, ruou ran*, vinho de serpente, *ya*, cura tudo.
Respondi-lhe que não.
— Angkor Vat, então?
Respondi-lhe que não.
— É o maior templo do mundo. *Thank you so much.*
O maior templo jamais construído foi esquecido e rapidamente ficou coberto de vegetação. Imagina o que poderá esperar uma criatura como nós, tão exasperada-

mente mortal, frágil e insignificante. A sumptuosidade é já o prolegómeno da ruína, mas é precisamente o esforço de edificar, conhecendo à partida o triste destino desse ato, que coroa a vida. E, quanto mais cientes estivermos da nossa condição de seres a prazo, maior é a glória de qualquer gesto feito com essa consciência. O meu problema, que era também o vazio que sentia, era não ter construído nada, ter ficado longe das pessoas que mais amava para ter uma vida adequada, mais ou menos quadrada, com a ilusão da família feliz. Quando não se constrói nada, não se pode desejar ter ruínas verdejantes como as de Angkor Vat.

Naquela viagem, percebi que eu já não era o pai em busca da filha (como isso me deu sentido à vida) nem o potencial marido que viveria feliz para sempre com uma pessoa predestinada, por mais tola que esta ideia possa ser. Era um fantasma, alguém que passava pela vida sem deixar nenhuma pegada. Ou ruína.

O voo de regresso partia de Hanoi. Despedi-me da Sun.
— *Why did no one like hanging out with Ho Chi Minh?*
— Não sei, Sun.
— *Because he was so Hanoi'ing. Thank you so much.*

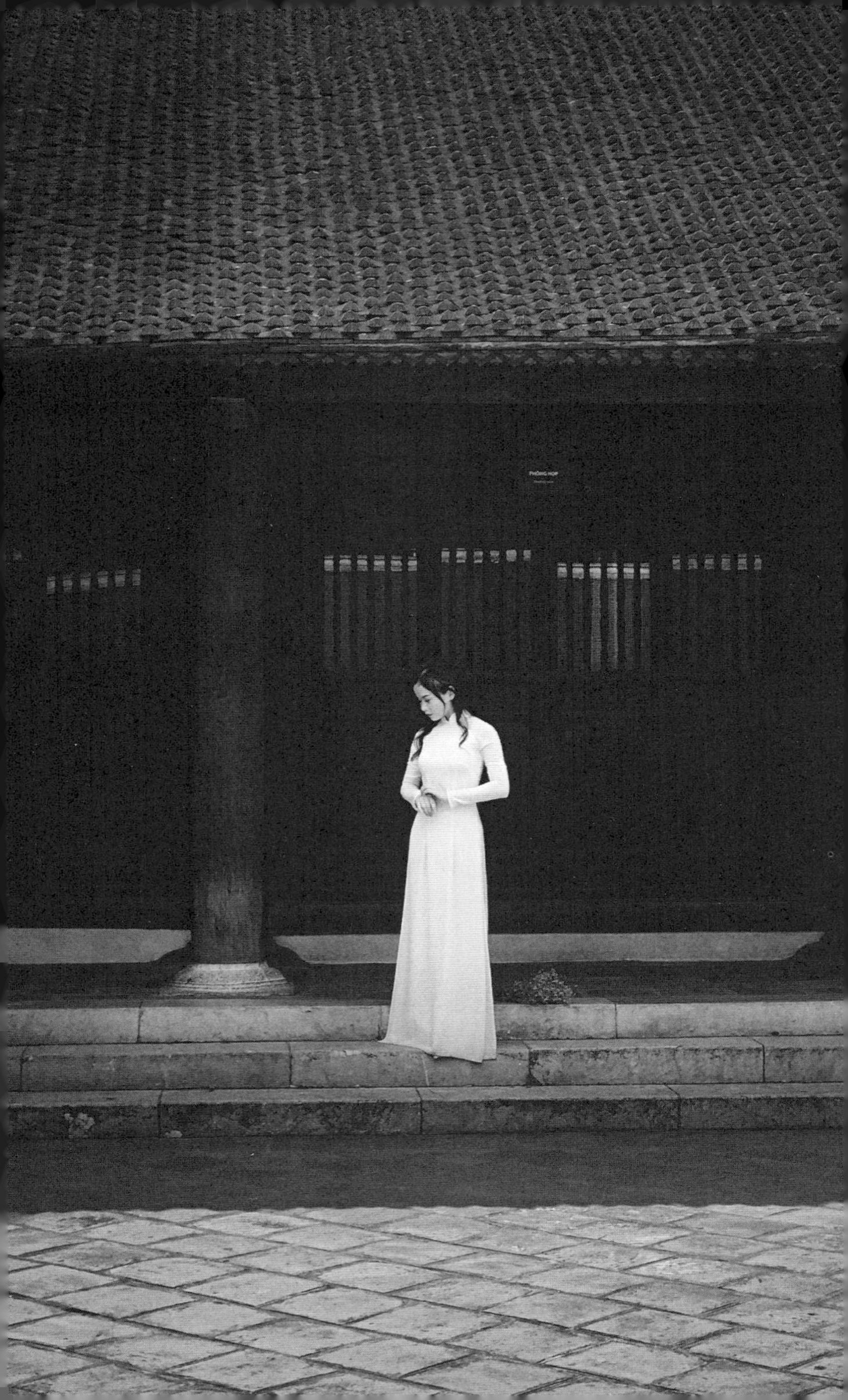

A falsidade da célebre frase de Tolstói está mais patente do que nunca nos romances do autor, incluindo naquele que começa com a tal frase. A família de Dolly, a família infeliz que nos é prometida, é, na minha opinião, uma família moderadamente — que é o mesmo que dizer realisticamente — feliz.
  Ursula K. Le Guin, *The Wave in the Mind: Talks and Essays on the Writer, the Reader, and the Imagination*

"*Todas as famílias felizes são mais ou menos diferentes; todas as famílias infelizes são mais ou menos parecidas*", *diz um grande escritor russo no começo de um célebre romance.*
  Vladimir Nabokov, *Ada ou Ardor*

Regressei a casa tão vazio quanto a própria casa que me esperava. Anotei no livro de contabilidade algumas frases de que me lembrava da última carta da tua mãe, a que não chegou a ser enviada. À noite, em vez de beber uma aguardente e fumar junto à lareira, sentava-me à secretária, abria uma janela, lia uma ou outra frase do livro de contabilidade e sussurrava-a para o exterior, como quem conta um segredo ao Universo. Tentei viver melhor a vida, mas acabei por perpetuar alguns erros que já me vinham da infância, especialmente em relação à amizade com o Dois Metros, que era cada vez mais frágil. Foi, no entanto, para minha surpresa que ele tentou uma derradeira reconciliação. Tinha tudo para dar certo, não fora eu, com a minha alma coxa, assegurar essa realidade funesta que se resume assim, evidenciando a diferença entre a minha maneira de encarar a vida e a da tua mãe: Eu seria muito infeliz num mundo feliz. Ela seria feliz em qualquer mundo.

 O Dois Metros apareceu exultante em minha casa. Levantou a camisola de lã. Tinha tatuado a frase apocatástica, a tal afirmação de que os anjos caídos serão levantados. No meio da sala, mostrava o peito com orgulho. Tinha engordado bastante e foi isso que comentei. Ele, compreensivelmente, insultou-me e ficámos mais uns tempos sem nos falarmos. Ligou-me um dia, apenas para me informar de que se ia embora.

— Para onde?

— Não sei, mas tem de existir um lugar qualquer no mundo onde possa ser feliz.

— Já estive na Cochinchina e não é melhor.

— Acho que quero subir montanhas. Vou tentar sair daqui na vertical.

— Vais partir o fémur. Subir montanhas é para alpinistas.

— É que eu preciso de ar puro. Preciso de subir até não existirem mais as estúpidas leis que nos oprimem.

— Os legisladores não sufocam tão facilmente.

— Vou tentar. Se me salvar e tiver tempo, venho buscar o resto da Humanidade. Levantarei todos os anjos caídos.

Foi a última vez que ouvi a sua voz.

Acabei por me tornar um amante da distância, contrariando a minha infância (quem disse que a infância é um paraíso?). Passeava pelos mercados, procurando os ingredientes que a tua mãe usava ao cozinhar para nós, tentando descobrir novos: quando sabia que um fruto ou um vegetal tinha vindo de longe, pegava nele com reverência, virava-o nas mãos, cheirava-o, como um turista que pela primeira vez pega numa rosa do deserto ou vê o templo Uluwatu recortado nos campos de arroz. Se na minha infância fora atacado por um medo incontrolável, por *phobos* imensos, agora sentia o deslumbre da beleza que a distância encerra. O poder de unir o perto e o longe, como as costuras das saias ou como tocar acordes num piano unindo notas improváveis, dum lado e do outro do teclado, com as mãos em arco, com os braços abertos.

Terá sido, porventura, uma dessas estranhas costuras invisíveis, que não vemos mas unem seres e acontecimentos, independentemente da distância, e os entrelaçam numa harmonia, que mudou radicalmente a minha vida e haveria de tornar falsa a sentença de que eu seria muito infeliz num mundo feliz. A ação fantasmagórica que não obedece à causa-efeito, e cuja existência a razão tem dificuldade em admitir, deu-se, neste caso concreto, quando menos esperava, duas décadas depois da minha primeira viagem à Cochinchina.Voltei então ao Vietname, porque comecei a exportar o vinho que produzíamos na propriedade e tive uma boa oferta de uma empresa hoteleira sediada em Hue. Foi uma viagem apreensiva e triste, aquele território fazia-me sentir o peso da vossa presença e o vazio incontornável de não vos poder tocar. Fiquei uma noite em Hanoi antes de apanhar o avião para Hue. Sentei-me numa esplanada junto ao lago a fumar cachimbo. Não dormi nada nessa noite, imaginei incontáveis cenários para aquilo que poderia ter sido a minha vida, imaginei correr contigo às cavalitas, ir buscar-te à escola, andarmos os três de bicicleta pelo campo, eu e tu e a tua mãe. Imaginei uma família feliz.

Na manhã seguinte, melancólico e cansado, fui para o aeroporto. Deu-se um milagre quando eu embarcava.

Ouvi o teu nome. Ou seria coincidência?

Fiquei atento e, dos altifalantes do aeroporto, ouvi mais uma vez o teu nome. Não poderia ser coincidência, seguido dos apelidos da tua mãe e do meu.

Estavas atrasada para o voo. Fiquei atento à tua chegada ao avião para ver se o teu rosto correspondia ao que sonhara e imaginara. Esperava, ao olhar-te, reconhecer alguma coisa minha, os lábios grossos, os dentes da frente com um pequeno espaço entre eles, mas também o formato oval do rosto da tua mãe ou as suas pestanas longas. Ou, talvez, aquela claridade que derrubava qualquer escuridão.

Já no avião, vi quem se sentava ao teu lado e, quando essa pessoa se levantou para ir à casa de banho, abordei-a, perguntei-lhe se poderia trocar de lugar comigo, para que eu pudesse sentar-me ao lado de uma amiga de longa data, que já não via havia anos e que, por coincidência, percebera que viajava no mesmo avião. Pedi-lhe para não te dizer nada, para ser surpresa. Concordou. E foi assim que passámos uma hora e vinte, que era a duração do voo, sentados lado a lado. Conversámos mas não nos podíamos compreender, eu falava na minha língua, tu dizias alguma coisa na tua, não tínhamos um idioma comum para comunicarmos. Contei-te tanta coisa, confessei-te tanta coisa, que senti outra vez aquela estranha claridade dentro dos olhos fechados. Tu sorrias, abanavas a cabeça, ofereceste-me comida, eu retribuí.

Caiu-te um cabelo no chá que te serviram e isso fez-me lembrar a lenda da seda, que ouvi da tua mãe: uma imperatriz deixou cair um casulo de borboleta dentro da sua taça de chá e o casulo desenrolou-se e assim nasceu um fio de seda. Eu tirei o cabelo do teu chá, sem que reparasses, pousei-o no meu colo como se fosse um bebé, como se te agarrasse e te embalasse, e ainda hoje o tenho, é o fio que uso para percorrer o labirinto que nos separa.

Evidentemente que não te disse que era teu pai, por vários motivos: não saberia como fazê-lo sem parecer louco, não teria forma de te explicar o que quer que fosse. Adiei. Fá-lo-ia na altura certa, agora que te tinha encontrado.

Foi bom partilhar um chá contigo.

Pareceste-me uma mulher feliz, sorridente. A certa altura, mostraste-me uma fotografia. Apontaste para a tua imagem e depois para o teu peito, disseste qualquer coisa. Percebi uma única palavra, Nhài. Depois apontaste para outra pessoa. Não era preciso dizeres o nome de quem te pegava ao colo. Percebi que a tua mãe tinha morrido.

Se uma pessoa souber onde vai morrer, evitará esse lugar. A vida, porém, dar-lhe-á a mão e levá-la-á a esse sítio. O meu era a Cochinchina. Sabia disso desde pequeno, desde que me apercebi da existência de janelas abertas.

Saímos os dois do avião, parecíamos efetivamente pai e filha. Esperámos pelas malas. Ao fundo do corredor prendiam um homem, havia polícias com cães. As pessoas juntavam-se, comentavam. Eu disse qualquer coisa, tu também.

Achaste-me simpático, tenho a certeza, um estrangeiro amável. Quando as nossas malas finalmente chegaram, despedimo-nos. Eu estendi-te a mão, num gesto cordial. Não espelhava a minha felicidade, mas era o gesto possível. Tu, para minha surpresa e júbilo, abraçaste-me calorosamente, como se algo em ti soubesse que eu era o teu pai.

Então, sem que me apercebesse, puseste a mão dentro do meu casaco.

Achaste-me simpático, sim, e talvez por isso tenhas pensado que seria uma vítima fácil: depois de teres visto os polícias e os cães aproximarem-se, escondeste dentro do bolso do meu casaco o saquinho de cannabis que levavas contigo. Foi por isso que me abraçaste, e não te censuro: esse abraço salvou a minha vida e a tua.

Não sei quando começam efetivamente as nossas histórias, penso nisso muitas vezes. Terão começado quando nos tocámos pela primeira vez, a tua mãe e eu, aqueles milímetros de pele, os dedos, muito ao de leve, muito ao de leve, muito ao de leve, a tocarem-se, a luz da manhã a furar a janela à nossa procura. Ou terá sido antes, quando decidi contratar alguém para ajudar a criada da Mealhada, ou antes, quando nasci, ou antes, quando Platão nos fez viver numa caverna, ou antes, quando os dinossauros ainda não existiam, nem a solidão, talvez tudo tenha começado antes de Deus ter sequer pensado nisso.

Na verdade, tudo começa a todo o instante. O Universo não tem centro, assim como não tem começo. Ou, melhor dito, todos os lugares são centros e todos os instantes são começos.

Na situação em que me encontro, minha filha, tenho um cabelo e uma hora e vinte, duração de um voo, por companhia.

Penso nisto algumas vezes:

O meu último beijo foi o primeiro que te dei.

No século XVI, um dominicano, frei Gaspar da Cruz, o primeiro missionário português que esteve naquela região com o propósito de evangelizar o Oriente, acabou por converter uma única pessoa. Uma pessoa que morreu antes de o frade regressar. Ouvimos a sua história e ficamos com a sensação do desespero absoluto ou do ridículo, de que a vida não tem propósito e que todo o esforço é vão. Mas, minha filha, imagina que és aquela pessoa que foi convertida. Imagina que, para tua felicidade, vinha um homem dos confins do mundo com o único objetivo de te dar consolo ou de te salvar. Imagina que, minha filha, o frade se cumpriu na felicidade do outro, que foi preciso viajar até os antípodas para encontrar a sua verdadeira terra, que era a alegria e a plenitude na alteridade. Imagina que aquelas felicidades estavam entrelaçadas, unidas, juntando os dois lados mais distantes do mundo, e que os dois se cumpriram no encontro das suas vidas. Como um acorde no piano, como uma canção da rádio cantada em simultâneo por pessoas distantes, como as costuras das saias, como a vida. De um lado ao outro, uma simples palavra, um gesto, e seremos salvos. Todos, porque todos os anjos caídos serão levantados.

Estou há três anos nesta prisão à espera de morrer. Levei muito tempo a decidir escrever-te, sobretudo porque perceberias que morrerei por tua culpa. Ainda que inconsciente da tua parte, foi uma boa vingança por vos ter abandonado. Não quero que te sintas culpada por isto, mereço o castigo e, como Raskólnikov ou Genet, até o desejo. É a mais dolorosa oferta que te posso fazer, a mais difícil e, ao mesmo tempo, a mais fácil, que é dar a minha vida pela tua. Não quero adiar mais nada. Espero, no entanto, que a minha morte te sirva de alguma coisa e que se vires uma pessoa que aches simpática, por favor, não a mates (como diria a Sun: *just kidding. Thank you so much*).

Sei que te deixo uma ferida difícil de sanar.

Ao matares-me, não me esquecerás, e creio que ficarás com essa ferida aberta para sempre. Tenho pena de que não te lembres de mim a levar-te pela mão até a escola ou a tomarmos banho numa praia de São Tomé ou a ler-te um livro sobre caçadores de pérolas ou a repreender-te por teres chegado demasiado tarde numa noite de julho ou a afagar-te os cabelos depois de um desgosto de amor com um cigano húngaro ou a comer num restaurante numa cidade distante — talvez Tóquio ou Kingstone ou Sidney ou Sibiu — como fazem as famílias felizes. Não te lembras porque não aconteceu senão na minha imaginação. Por isso, peço-te, quando te lembrares de mim, que seja recordando aquele sujeito simpático que se sentou durante uma hora e vinte ao teu lado no avião e não parou de falar numa língua que te é estranha e que, mesmo sem o saber na altura, te salvou da prisão e da morte. Esse homem também levará consigo essa hora e vinte como um pequeno tesouro.

De todas as coisas que fiz, as duas mais importantes foram ter-te dado vida e ter-te salvado a vida.

Aqui fechado, com as correntes nas pernas (nunca as tiram), as baratas e os ratos por todo o lado, a violência recorrente, ouço música que vem do rádio do guarda. Tenho trauteado essas canções, imitando os sons, como aquelas crianças que, sem saberem determinada língua, não se inibem de cantar uma algaraviada foneticamente semelhante àquilo que ouvem. Ainda tenho a esperança de, um dia, estares a ouvir a mesma canção que eu e a cantarmos juntos.

A felicidade sempre foi um negócio e uma obsessão. Os filósofos, desde que existem, tentam mostrar-nos o caminho. Assim como os padres. E os monges. E os ditadores. E os samanas. E os gimnosofistas. E os cientistas. E os nossos pais. Toda a gente quer encontrar a felicidade e, não sendo eles próprios felizes, pretendem enfiar a beatitude que não conquistaram pela goela dos outros. Quer um copo de água para empurrar? Pegam em discursos, em atos, em ramos de flores, em educação, em dinheiro, em poemas e canções e servem-nos o caminho para a felicidade. Educam-nos com histórias que terminam com o singelo "foram felizes para sempre". E não me refiro só à Bíblia, mas também aos contos de fadas e de príncipes e princesas. E a obsessão é tão grande que até aos aleijados como eu lhes é servida a esperança: o fantasma da ópera, o corcunda de Notre-Dame, Cyrano de Bergerac, a Bela e o Monstro, Pinóquio, o sapo. Haja esperança para todos, incluindo batráquios que se tornam proeminentes membros da monarquia e se casam e, como quem se constipa, ficam com aquela doença do peito, o amor eterno. É que o amor corrige o mundo mas também aleija muito. Nesse processo, há dor e alegria, mas não o estado de euforia permanente. As pessoas felizes não são as pessoas que vivem a abanar a cauda. As pessoas felizes choram e temem e caem e magoam-se e gritam e esfolam os joelhos, porque a sua felicidade independe da roda da fortuna, do acaso, das circunstâncias.

Dito isto, e com a experiência e clarividência que fatalmente me contaminaram, sei exatamente qual é a fórmula da felicidade. Mas também sei que não adianta nada a ninguém. E basta olhar para o que acabei de escrever para encontrar a ignóbil contradição de estar vivo. Rejeito a felicidade para a poder conquistar. Abomino os negociantes de felicidade e tento, eu próprio, anunciar a sua fórmula.

Como disse alguém: está consumado. Espero que aprendas a viver com as feridas que fazem de nós formas imperfeitas, famílias imperfeitas, diferentes, cada uma à sua maneira. Repara como é estranho, talvez belo, talvez perverso, que as nossas dores sejam eixos da memória e nos marquem indelevelmente, ao mesmo tempo que nos salvam a vida: assim como a minha deformidade me salvou da guerra, a minha morte salvou-te a vida. E, mais ainda, a minha morte salvou-me a vida.

Deformamo-nos uns aos outros. Como os dedos das mulheres no pátio da minha infância, os dedos dos pés encavalitados, moldados e seccionados uns pelos outros. Essas diferenças, essas máculas, essa carne amolgada podem não ser felicidade total, absoluta e perfeita, mas são uma riqueza muito maior do que ser um quadrado, perfeito na sua imobilidade e ausência de devir. Essas máculas são muitas vezes o resultado de um abraço demasiado apertado, de uma mão no bolso, de uma pequena mentira, de uma zanga entre amigos. Eu e tu deformámo-nos um ao outro para sempre, ou assim espero, na minha ingenuidade. Assim como a minha mãe me amava apesar da minha deformidade e, em certo sentido, amava a minha deformidade, porque me amava na minha diferença, também sei que me levantarás. Todos os anjos caídos serão levantados. A minha mãe foi perfeitamente capaz disso, com o seu sorriso virado para o teto. Sei que tu também o farás, olhar-te-ás ao espelho e passarás as mãos delicadamente pelas tuas dores e ficarás grata por elas. Jamais abdicarás de as ter: as imperfeições da felicidade, da infelicidade, dos círculos, dos desequilibristas, dos dedos das mulheres do pátio da minha infância.

Sei que posso pedir uma última refeição. Pedi o prato que a tua mãe cozinhou no dia em que a conheci. Levarei uma hora e vinte a comê-lo, porque uma hora e vinte passou a ser a medida da eternidade.

Hoje, ao acordar, lembrei-me de uma frase que a tua mãe me disse. Por não falar corretamente português, o seu equívoco, a "deformidade" no uso da língua, deu, como de costume, uma beleza inusitada às suas palavras. Quando, na noite em que soube estar grávida, a única em que dormimos juntos uma noite inteira, me pediu que tirasse as roupas, disse:

"Despede-te de roupas, meu amor."

Só hoje o farei de um modo absoluto.

ESTA OBRA FOI COMPOSTA EM MERIDIEN PELA SPRESS E IMPRESSA EM OFSETE
PELA LIS GRÁFICA SOBRE PAPEL PÓLEN SOFT DA SUZANO S.A.
PARA A EDITORA SCHWARCZ S.A. EM NOVEMBRO DE 2021

A marca FSC® é a garantia de que a madeira utilizada na fabricação do papel deste livro provém de florestas que foram gerenciadas de maneira ambientalmente correta, socialmente justa e economicamente viável, além de outras fontes de origem controlada.